信濃路 故郷 十六人の母

小池　榮
KOIKE Sakae

文芸社

目次

信濃路　故郷　十六人の母

この著書を、十六人の子を生《な》し、十三人を育て上げた両親の魂に捧げる。

（二〇二四年五月）

父の柚子兄の柚子　そして……私の柚子

子供の頃、何となく接していて、特に意識していなかったことが、年を取ってくると脳裏に蘇ることはないだろうか。嬉しかったこと、逆に悲しかったこと、不思議に思ったこと、様々な経験をして人生を送り、今になってようやく意識することってあるのだな、と思っている。最近も実感した。それは柚子のことである。

私の実家は富士見町（長野県旧本郷村乙事《おっこと》）だが、そこに今でも一本の柚子の木がある。父が長年手塩に掛けて育ててきた珍しいもので、現在は長兄が見事に引き継いで、大事に育てている。実もたくさんついている。

今は大方なくなったと思うが、その昔家の床下などには穴蔵があって、越冬用の野菜などを貯蔵していた。ある冬の最中に父が茄子を穴蔵からもいできて、みんなで味わったことがある。茄子の隣には、一本の小さな柚子の木が、仮植えしてあったのを覚えている。

春になり霜の恐れがなくなると、柚子の木を穴蔵から引き出し、庭の片隅に植え替える。そうして霜の降る頃まで育て上げ、また穴蔵へと戻す。これを何年も繰り返していたが、いつの間にか穴蔵は埋め立てられて、今度は庭と田んぼの間の石垣を少し借りて室《むろ》を作り、そこで冬越しをするようになったと記憶する。

小さな木であまりたくさん実が獲れたとは思えなかったし、父がその柚子をどのように使っていたか無関心のまま過ごしてきた。そもそも海抜千百メートルを越える地で柚子栽培は可能だろうか。柚子は柑橘類の中では耐寒性が強く、年間平均気温摂氏十二~十五度の涼しい気候を適地とするという。また耐乾性、耐湿性も強く、北は青森県の海辺まで生育すると聞く。

柚子は実生だと実が生《な》るのに十年以上かかるので、収穫を早めるために、カラタチを台木として接ぎ木で育てるのが普通。しかし放っておくと、カラタチに先祖返りすることもある。「桃栗三年柿八年　柚子の大馬鹿十八年」などと人聞きの悪い俚諺《りげん》もある。因みに富士見町の年間平均気温は摂氏八・六度。

父が世話し、また兄の努力もあった由緒ある柚子の話から、この辺で私の柚子の件に移ろう。

四十歳を過ぎて戸建ての家に移り、庭の隅に夜店で買った柚子を植えた。その後、子供の成長に連れ家が手狭になったので、増築を頼んだが、折悪しく真冬の段取りになった。柚子も業者が適当に別の場所に移植してくれたが、時期が悪かったせいか半ば枯れたような状態だったのと、仕事が忙しくなったのとで、しばらく放っておいた。

しかし柚子は元気を回復し、気がついた時には驚くほど大きくなっていた。庭は芝生を取り除き野菜を育てていたので、吸収する肥料がたっぷりあったという次第である。

今や三メートルを優に越え、春には白い花が乱れ咲き、秋には黄色い実をたわわに実らせてくれる。十一月下旬から黄色くなり始め、十二月に入ると見事な黄色い柚子となる。友人知人、親戚などに送るために十二月中旬には収穫したい。大木で枝が絡み合い、そのうえ刺だらけなので、大変な作業となる。それから荷造りをして、あちこちに送る手筈となる。届くと、すぐに感謝の返事が来る。その時の様子を受け取った人の気持ちを汲んで詠んだのが、次の短歌である。

　開封と同時に薫る柚子の実は
　　暖地の兄の心香らす

お正月の前に、柚子ジャム、柚子ジュース、柚子茶、蜂蜜漬け、焼酎漬け、種だけを焼酎に入れて作る女性に喜ばれる化粧水など、様々に加工する作業が大変である。特に、これらの作業の前段の、実を半分に切って汁を搾り出すのは老体には堪える。

昔から木守《きも》りという風習があると聞く。具体的には「木守り柿」とか「木守り柚子」などである。これは来年も柿や柚子が、よく実るようにという「まじない」で、木に取り残しておく果実ということだが、私見としては、人間が欲張って自分たちだけで楽しまず、鳥や動物にもほんのお裾分けでいいから残すという、分かち合いの精神から来ているのではないかと解釈している。このように毎年必ず一つ、または数個を残して収穫を終え

収穫後、すぐに柚酢、ジャムなどに加工する

る。そこでこんな短歌を詠んだ。

鳥のため枝に残した柚子ひとつ

ふと見上げれば消え失せており

鳥のために残したというより、込み入った枝の中にある取りにくいのを残したこともある。これもいつの間にかなくなっている。さらにもう一つ一番低いところ、私の腰の辺りについている細い枝に実った柚子を残したのだが、それは中身と皮半分を食いちぎられ、残った皮もカラカラに乾いたまま寒風に揺られている。

そばを商いながら柚子を育て、十三人の子を見守り、八十五歳まで生きた父にはまったく及ばないが、柚子と家族を大切に八十四歳の私も元気に生きていきたい。

（二〇二一年三月）

給食はイナゴの味噌汁　十二年間味噌汁を味わう

味噌汁給食。信州の冬の給食の忘れられない思い出だ。何しろ小学校から高校卒業まで、都会と違い、給食といえば、冬場の味噌汁だけだったから。

千昌夫の歌に「しばれるねぇ。冬は寒いから味噌汁がうまいんだよね。うまい味噌汁、あったかい味噌汁、これがおふくろの味なんだねぇ」で始まる『味噌汁の詩』（中山大三郎作詞・作曲）がある。東北訛りの台詞が身に浸みる。そうだ、味噌汁はお袋の味なんだ。手前味噌の味なんだ。

給食といえば、都会育ちの人たちの脱脂粉乳がどうの、コッペパンや牛乳がどうのという話をよく聞くが、ひと昔前には寒村育ちの身にはピンと来なかった。子供の頃、脱脂粉乳など見たこともないし、牛乳など飲んだこともない。中学校の英語の時間に a cup of coffee や Which do you like better, coffee or tea? などと習っても、cup も coffee も tea（紅茶）も見たことも飲んだこともない事情によく似ているだろう。

一九四三年に国民学校（戦時中の小学校）に入学し、学校生活が始まったが、弁当持参で、給食という言葉を知ったのは、冬を迎え、味噌汁が出されるようになってからのことだった。

一体どんな味噌汁だったんだろう。秋、実りを迎えた田んぼには、イナゴが大量に発生する。その頃、八ヶ岳の南山麓に広がる田んぼに囲まれた校舎から、生徒は全員、タオルなどで急作りした袋を手に、田んぼに散らばる。手当たり次第イナゴを捕まえて袋に入れる。低学年生には、なかなか手強い。器用な人の袋はみるみる膨らむが、不器用な仲間の袋はぺちゃんこに近いままだ。

イナゴ獲りが終わると、学校に持ち帰り、一カ所に集め、大釜で茹でて天日で乾燥させ、貯蔵して後日に備える。

寒い冬がやってくると、生徒の母親たちが交代で味噌汁作りにやってくる。乾燥させておいたイナゴを粉末にして、地場産の味噌と混ぜ合わせる。指定された生徒たちが持ち寄った各種野菜を使って味噌汁にするのだが、村の字《あざ》ごとに、大根、人参、ネギ……などと先生から指定される。

大きな釜に湯を沸かし、イナゴ味噌と野菜を入れて煮ると味噌汁の完成。これこそ、まさにおふくろの味だ。それを学級ごとに、バケツに分けて入れ、廊下を通って教室に運ぶ。お椀に注いでもらい、楽しい昼食となる。

北風が吹き抜く日の味噌汁給食は、美味しく、体を温めてくれる素晴らしいサービスだった。数年はイナゴ味噌汁だったが、いつしかイナゴを町に持っていき現金に換え、煮干しを買って味噌汁に投入するようになった。

こうして、冬だけの味噌汁給食を満喫したわけで、国民学校→小学校→中学校→高校と、ずっと味噌汁給食は変わらなかった。

ただし、高校は前身が農業高校だったのが幸いし、生徒たちが育てた野菜を使い、肥育した豚の何頭かを犠牲にして、豚肉が加わったのは望外の喜びだった。いわゆる豚汁だ。毎回というわけではないが、豚汁の日は午前の授業が終わると、早速弁当箱のご飯を半分ぐらい食べて、豚汁用の空きを作っておく。そしてお椀でいただく他に、弁当箱にも注ぐのである。二人分いただく贅沢を味わった。

弁当のおかずといっても、梅干しにタクワンと野沢菜漬けぐらいで、たまに蚕のさなぎやイナゴの醤油煮を入れるといった具合で、今から見ると貧相だったから、この味噌汁は格別ありがたかった。

お陰様で小学校から高校まで十二年間、味噌汁のお世話になったわけで、味噌汁に足を向けて寝てはいられない。よく母に言われたのは、「ご飯二杯半、味噌汁二杯」だった。米飯中心の食事では、量を摂らないと体がもたないからというものだった。

そこで一首……。

二杯半ご飯に味噌汁二杯飲む
　母が促す健康食膳

こうして育ったので、町場や東京の親戚などに遊びに行った折、味噌汁は一杯しか出してもらえず、悲しかった。これも習慣になってしまえば、一杯でも何ということもないのだが……。

最後に、自前の味噌汁についても言及しておきたい。それは出身地区限定のクラス会で、以前長年実行した兎追いだ。銃の免許を持った友人の後に従う。いわゆる勢子《せこ》である。石油缶を鳴らす人、缶詰の缶を叩く人、大声を出す人、こうして兎を猟師のいる方に追い出す。いい具合に獲物が捕れた時は、帰ってから兎の肉の味噌汁を大釜で作り、酒を傾けながら二杯、三杯と存分に味わう。狩りには出ない女性たちの助けも借りて、楽しいクラス会となる。また一首……。

兎追う冬恒例のクラス会
　　獲物はすぐに味噌汁仕立て
一杯でもいい、ご飯の時は必ず味噌汁が飲みたい。それもおふくろが作った、具沢山の。味噌汁、万歳！

（二〇二二年一月）

昔の堆肥作りは重労働　生ゴミ削減にコンポスト

ひと昔前の農家の様子は、今とは大きく違っていた。その一つが田畑で使う肥料であるが、すっかり忘れ去られてしまった。

農家ごとに馬を飼っていた頃の主たる肥料といえば、馬小屋で作る堆肥と、便所から出る糞尿で、森の落ち葉や春の樹木の若枝などが補助手段として使われていたようだ。馬のいない家では、道に落ちた馬糞拾いで凌いでいた。金肥も使われなかったわけではないが、経済的理由もあって、十分というわけではなかったように記憶する。

では、農家では堆肥をどう調達していたのか。真っ先に馬小屋が脳裏に浮かぶ。馬小屋は、競馬場の場合の厩舎は地面と同じ平面に作られるが、農家の場合は戸口に続く馬小屋用の土地を深く掘って作る。運び込まれる敷き藁や草、落ち葉、馬の糞尿などを高く積み上げる必要があるからだ。それが何カ月かを経て一定の高さになると、庭に運び出さなければならない。

馬に固く踏み固められた堆肥を、鍬で掘り起こし畚《もっこ》に積み上げ、二人がかりで表に運び出すのだが、これがひと苦労。畚の先端を小さい私が、後ろを兄が持つが、初めは浅い所からの搬出なので苦労は少ないが、だんだん深くなってくると、馬小屋の階段状の出口を上ろうとしても、馬の糞尿のため、ツルツルして滑りやすく、なかなか上れない。後ろの兄に「しっかりしろ」と怒鳴られる。

運び出された堆肥は、庭にうず高く積み上げるのだが、今度は上へ上へと馬小屋から出すのとは、逆の苦労が待っている。こうして高く積み上げておくと、堆肥がより堆肥らしく熟していく。冬が来て雪が積もっても、上の部分からは湯気を出している。熟しつつあるのだろう。

春になり田畑を耕す時期になると、箱状の囲いを付けた馬車で運び、撒き散らすのだが、これがまたひと仕事。田んぼには堆肥の他、落ち葉や稲藁をそのまま撒いたりすることもあるし、自分の林の木の若い枝を切ってきて、代掻《しろか》きの前に撒くこともあった。

肝心の老後の私と、堆肥のことも書かねばならない。私は狭い庭ながらコンポストを二つ設置して、千葉市の家庭ゴミ減量に協力すると共に、野菜を育てる肥料作りをしたいと願っている。台所（田舎では「でえどこ」と言っていたが、都会ではキッチンだ）の野菜などのクズを、春から夏にかけてコンポストに入れておいた堆肥は、秋蒔き野菜のために使う。耕して畝を作り、春菊、小松菜、野沢菜、大根、人参などの種を播く。

春、種播きにはまだ早いかなと思っていると、庭のあちこちから前年食べた南瓜の種が「春が来たよ」と芽を出す。早速それをいただいて、定植する。播こうとして買ってきた南瓜の種は無駄となる。したがって、どんな種類の南瓜ができるかは、不明のままというわけだ。秋から春は、別のコンポストを使う。こうすれば、どちらかが満杯になる恐れはない。

堆肥作りは臭いだけではなく、ハエやウジ虫の発生を防ぐそれぞれの工夫も必要となり、したがって、良いことだと分かっていても、やりたがらない人が多い

庭の隅で堆肥を作るコンポスト

のは理解できる。私もこの頃、少し煩わしさを感じていないわけではない。

堆肥から突如芽を出す南瓜たち
　コンポストから解き放たれて

「コンポストで堆肥にならず生きていたカボチャの種。弾けるように芽を出す様子は、愉快で力強い。下の句の処理がよく、種の生命感が出た」との講評を短歌の専門家にいただいた。まだまだ南瓜のようには芽の出ない短歌だが、粘り強く挑戦していきたい。はたして「コンポスト」から出られるか。

（二〇二二年四月）

喰えるものなら何でも　兎も地蜂も追いかけた

子供の頃から、歩いていても何か喰えそうなものはないか、と周囲をキョロキョロ眺めて暮らしていた。喰えるものなら何でも食べたい欲求に動かされていたのだろう。敗戦後の異常な食料事情をかいくぐってきた世代として、どんなものを食べてきたのか思い出すままに書いてみよう。

春、雪も解けて日差しも暖かくなる頃、田んぼの南側の土手には、日中ヘビが日光浴のために冬眠中の穴から出てくる。そこを捕まえて、近くの富士見高原療養所（現在の富士見高原病院）で結核療養中の患者に売るアルバイトが盛んだった。ヘビの血は結核に効くと言われていた。

中学一年の春休み、英語の先生と学校で遊んでいた時、先生はヘビを捕まえてくると、すぐさま首をはね、その血を搾り湯飲み茶碗に入れて、回し飲みするようにと言った。血は生臭くて胸が悪くなった。効いたかどうか、分からなかった。

田んぼや畑に行く途中、草むらなどでヘビと出遭うとすぐ捕まえ、串刺しにして乾燥させ食べたことがある。あまり美味しくはなかった。春の水辺には、セリが伸びつつある。お浸しにするが、隣集落の立沢の春祭りに矢澤等君の家に遊びに行った時、ホウレンソウのお浸しと思って食べたのがセリだった。幼い身には、香りが強過ぎるうえに初めてだったので、思わず吐き出しそうになるのをグッと堪えて飲み込んだ。

田植えの準備をしているうちに、ワラビも目につき始める。大きな袋を持って山の上の方まで採りに行く。灰を使って処理し食べる他、塩漬けにして保存もする。青々したノビルも味噌汁に切り込んで春を味わう。畑の脇に灌木のマユミの芽が伸びている。これはフライパンで煎って、大根おろしを添えて食べる。野良仕事の折、細い枝は箸代わりにする。

五月になるとサツキが咲く。花をどんどん摘み両手でしごき、おやつ代わりに口に入れる。酸っぱいような甘いような味がする。間もなくモミジが青々とした葉を茂らせる。これも木に登り、柔らかそうなところをサツキと同じやり方で食べる。

桜の実の思い出は強烈だ。小学校の校庭の隅に大きな桜の木があって、黒々と実をつけている。休み時間になると、みんな競争で木に登り、口の周りを真っ青にして食べる。林の中には、コーレーと村人が呼ぶギボシが生えている。これは茹でて塩味の炊き込みご飯にした。近頃林に行ってもまったく見掛けないが……。

一九四五年夏。戦争に負け、ろくに食べ物もないところへ、運良く南アルプスに笹が大量に実をつけた。大人たちは、競って大きな袋をかつぎ、笹の実採りを決行。背負いきれないほどの実を背負って帰ってきた。その晩から笹の実団子汁を嫌というほど食べさせられた。甘ったるい味だった。

因みに笹（竹）は、六十年から百二十年に一度、花を咲かせ、そして枯れるという。ごく稀な現象だ。笹の実との出合いは、食べ物に困っていた村人に、一時の慰めを与えてくれた。その後、当時盛んになった草野球で、投手がストライクを取ったり、打者がホームランを打ったりすると、「ササノミー」とヤジが飛んだものだ。まぐれだよ、後はないよという意味である。

麦秋の頃、麦畑の脇を通り過ぎる時、実った穂を手でしごき口に入れ噛んでいると、チューインガムみたいになる。それが楽しくて、しばしば噛んだ。ウクライナは小麦の生産で有名だが、ウクライナの人は、そんなことはしないのかな。ロシアと戦争中の現在は、とてもそんな気分にはなれないだろう。

夏になると蜂追いをやる。この蜂は仲間内ではスガリと言っていたが、スガレというのが共通語。地中に巣を作る蜂（地蜂）を追いかけて捕る。最近では魚肉を使うらしいが、昔はカエルを使った。農薬普及以前の田んぼに行けば、カエルはいくらでも捕れた。残酷だが、カエルの足から頭にかけて皮を剝く。下着のシャツを脱ぐ要領だ。

そして蜂の来そうな林の中に、それを吊るし、蜂を待つ。別にお尻の肉を少し摘んで丸め、それをちぎった真綿の一方を細い糸状にして縛る。蜂がやってきて、肉を食いちぎるその鼻先に、糸付きの丸い肉を出してやると、蜂は自分でやるより手早いのでそれに喰らいつき、やがて飛び立って巣を目指す。

あらかじめ人員配置をしておき、蜂の飛んだ方向を確かめる。しばらくすると、蜂は肉を求めて帰ってくる。今度は、蜂の帰る方向は分かっているので、人員配置はより正確になる。追いかけるうちに、川に落ちたり田んぼにはまったりする人もいる。蜂の巣が分かると、花火を新聞紙などでくるみ、火を点けると、もうもうと煙が出る。

その煙を巣穴深く吹き込み、土でふさぐ。すると蜂は失神状態になる。しばらくして巣を掘りあげる。大きな巣もあれば、小さいのもある。大きいのが今日の収穫だ。

小さなものは持ち帰り、蜜柑箱などを使って秋まで自宅の庭などで育てる。

捕れた蜂の子は集会所を借りて、持ち寄ったお米で炊き込みご飯を作り、「おらあ三べえ（杯）、おめえ五へえ……」などと言いながら、腹一杯食べ、仲間付き合いを深める。蜂の子は今や高級食材で缶詰などにして売られているが、買うのもためらわれるほどだ。

蜂を捕るためにカエルを捕まえたが、食べたのは赤ガエルだ。同じく皮を剝き、股から下をお刺身にして醬油をかけて食べた。セミも羽をむしり焼いて食べたが、美味しくはなかった。ドジョウはあまりいなかったが、時々冗談で、手ですくってそのまま飲み込むと、胃の中で跳ねていた。秋の刈り入れの終わった田んぼにはタニシがいて、穴からほじくり出して味噌汁などに入れて食べた。

ここまで書いてきて思い出したのは、二〇二〇年に初めて新聞紙上に載せていただいた、次の短歌である。

　　ヘビカエルイナゴに地蜂食卓に
　　　喰えるものなら何でも食べた

先を急ごう。秋は茸の季節。放課後家の用事がない時は、びくを腰に付けて山の林へ。クリタケをよく採ったが、おふくろが酢漬けにしてくれて、冬中食べた。ジコウボウ（ハナイグチ）はお彼岸の頃が真っ盛りで、よく採りに行った。ぬるぬる感が気持ちよく、すまし汁にすると、とても美味しい。八ヶ岳の高い所へ行けば松茸が採れると聞いたが、聞いただけ。

お彼岸の頃、名物のおやじの「新次そば」を食べさせたくて職場の仲間を八ヶ岳に誘った。編笠山の青年小屋に一泊した後、這松《はいまつ》の中を夢中で下山したが、途中みんなに呼び掛けて、手当たり次第茸を採ってもらった。

持ち帰り、待っていたおやじに鑑定してもらったところ、これは駄目、こっちも駄目、と結局は五分の一くらいに減ってしまった。でもおやじは、そばに添えて、ナスやミョウガを切り込んだ茸汁を作ってくれ、漬け物付きの「新次そば」は、参加者みんなを感激させ、満足させてくれた。

いよいよ寒い冬の番だ。「兎狩」は、『広辞苑』（第七版、岩波書店）によると「大勢で兎を追い立てて、逃げ道に張った網にかけて捕らえること」と記されているが、乙事では「兎追い」だ。唱歌『故郷』にも「うさぎ追いし」とあるように、古い世代の人たちは学校行事として、そのようにしたと聞いている。

我々の兎追いは、「がんぼうじ会」（乙事クラス会）の行事である。兎追いには、銃の免許を持つ猟師が必要だ。三井盛雄君がその有資格者で、我々勢子に色々と指図してくれる。兎の繁殖期の前に、真冬の雪の中、防寒着に長靴を履き、早朝に出発。八ヶ岳の森深くへと入っていく。足の弱い人は失格。

「ホーイ、ホーイ」などと大声を出したり、石油缶や藪を叩いたりしながら、猟師のいる方へ兎を追い立てる。突然足元から兎に飛び出されて驚くことも……。追われた兎は、待ち構えている猟師に散弾銃一発で仕留められる。すぐ解体して皮を剝ぐと、鉄砲玉が食い込んでいるのが分かる。

成果を携え、歩き疲れて村に帰ると、集会所にクラス仲間の女性たちが湯を沸かして待っていて

捕れた兎を得意顔で持つ著者

くれる。漬け物や手料理に、味噌汁になった兎の肉をいただきながら飲む酒は、冷えて疲れた体に染み通り、何とも絶品。こうして冬の一日は暮れていく。残念なことだが、兎は捕り尽くされて、最近では目にすることもなくなった。
八十五歳の現在も、田舎、いや都会の住宅街を歩いていても、何か喰えそうないいものはないかと、キョロキョロして連れ合いに笑われている。子供の頃に身についた習慣は、恐ろしいものだ。

（二〇二二年六月）

夢を追いかけ走り抜く　置かれた場所で咲こう

一九四三年、国民学校（現在の小学校）入学の日、希望に満ちて登校したが、机に私の名前がない。昨日から朝までかかって姉から名前の書き方を教わり、書く練習をしてきたのに。机に書いてあったのは「小池深」だった。名前の「榮」は火を二つ、ワ冠に木を書けば完成だが、深では火はどこへ行ったのか、ワ冠に木があるのはいいとして、火が敵である水の三水《さんずい》に変わるのは、なぜか。よりによって、人生の門出の日に自分の名前がないなんて……。

一年生の最後の学芸会で、学級を代表して男女の誰か一人が歌うことになり、放課後に男子は私が残された。相手は可愛い三井みのりさん。教科書に載っている「白い浜辺の松原に」で始まる『羽衣』（林柳波作詞・橋本国彦作曲）を担任のピアノに合わせて一人ずつ歌った。「楽典」など難しいことは嫌いだが、歌うことには自信があった。一生懸命歌った。結果は、みのりさんに決まった。こうして二年生になった。

二年前の一九四二年に海軍に志願した長兄は、翌年一度里帰りをしたが、その年フィリピン近海で鬼畜米軍の魚雷を受けて、軍艦もろとも海に沈んだ。「勝ってくるぞと勇ましく」と日の丸の旗を振って送り出したが、帰ってきた遺骨の箱には石ころが一つ入っていただけ。政府は形式を整えれば、それですむとでも考えたのか。母は「親より先に死ぬ（逆縁）のは親不孝だ」と常々教えてくれたのに。最近兄を偲んで短歌を詠んだ。

魚雷受け海の藻屑となりし兄
　漂い来ぬか軽石のごと

サイパン玉砕を受け一九四四年七月の東條内閣退陣で、日本が白旗を揚げていれば、兄も死なず、東京大空襲もなく、原爆も落とされずにすんだのに。

中学では一年次の終わりに、何を思ったのか、中途赴任の英語の先生が、一年から三年まで全校一斉英語力テストを実施した。見たことのない設問もあった。結果は、二年生の男子が一位、一点差で私が二位だった。一位には、何か賞品があったらしい。私自身、英語は得意だと思っていたが……。

高校進学を控えて受験勉強に日々励む、となるところだが、母は常に大工か左官になって、新しい家を建ててくれと言うばかりで、高校に行け、とは言わなかった。父は無言のままだった。その頃は、先生になりたいと思っていたから、私にとって高校進学は大学への最低の条件だった。

それでも最終的に両親は私の進学を許す決心をしてくれたようで、この際、身体が不自由では将来困るだろうからそれなら高校を受験する前にと、鼠径ヘルニア（いわゆる脱腸）の手術を受けるように計らってくれた。中学三年生の十二月末、諏訪の日赤（日本赤十字病院）でだった。それまで運動や重労働をすると腸がはみ出て苦しく、体育の授業は見学が多かった。みんなと同じことができない苦しみ。高校卒業まで体育の通信簿は3だった。

進学した高校は、希望した学校ではなかった。中学の担任は「君が思っている学校には受からないよ」と言うし、父は「その高校は絶対だめ」と最終的に首を縦に振らなかったので、仕方なく妥協して第二志望の高校に進学した。

入学すると、担任（英語科）には「級長をやってくれないか」と迫られた。気分の乗らない時だったので即座に断った。いつも人の後ろについて回っていたので、級長など思ってもみなかった。そんなわけで、学校の成績は散々で、ここでやるしかないと考え直したのは、その年の暮れ、担任に強く態度をたしなめられたからである。常々母に言われていた「置かれた場所で咲きなさい」の言葉が真実迫ってきた。

それからは家の田んぼや畑の仕事を手伝い、夜は眠い目をこすりながら精一杯頑張って勉強し、憧れの東京の大学に現役で合格できた。その合格発表を見に行くお金がないので、大学から合格電報受付を認定されているクラブに依頼して帰宅した。

ところが、なぜか電報は届かなかった。そのわけは、集落の入口に同姓同名の人がいたからで、今考えると郵便局は無責任だった。合格は同じ大学の大学院に進学が決まっていた兄が電話で教えてくれ、写真など必要書類を送れと言ってきた。その日、町までの途次、同名の人から「おめでとう」と言われ、誤配達と気づいたがもう遅い。

同姓同名の後日談を話そう。田舎の姉から電話で「小池榮は死んだぞ」と世間の人が言っているが、と言うので、「今、喋ってるのが本人だ」と答えて笑い合った。誤配達された方が亡くなっていたのを姉は知らなかったらしい。

大学では、いいことがあった。苦手な体育の成績は5だった。体育担当の東教授にはよくしてもらい、授業には真面目に参加した。バスケットとテニスのクラスを受講し、テニスコートでは「小池、俺と打つか」などと優しく誘ってくれた。先生は、入学時に不合格だった奨学金を二年から受ける試験の面接官で、校内で会うといつも「小池、お袋さんは元気か」と声を掛けてくれた。

高校時代は級長になるのが嫌だったのに、大学一年次にはクラスのまとめ役を買って出て、自己紹介の会やソフトボール大会を提案したりして、四年次にはクラス代表になったのは、思いがけぬことだった。頑張った甲斐あって運良く就職も早めに決まり、卒業後もクラス会幹事やクラブのＯＢ会幹事もずっと務めてきた。生きていれば、いいことに出合えるのだと、自分に言い聞かせている。

（二〇二二年八月）

川の流れと二つの郷土の歌　思い出深い富士見の分水嶺

明治三十年（一八九七）生まれの両親が、喜寿のお祝いのお返しにと地元の書家、五味千代人氏に依頼して『信濃の国』（浅井洌作詞）の掛軸を作ってくれた。居間に飾り毎日眺めている。この歌は県人のみならず、夏冬の合宿などでやってきた関西の大学生が覚えて帰り、酒の席で歌うと一緒に歌ってくれたりするほど知られている。でも、私のハーモニカ伴奏で歌ってもらった経験では、県人でも二番に入ると急に歌えなくなる人が出る。

冒頭「信濃の国は十州に　境連ぬる国にして……」とあるが、はたしてこの十州がどこか分かって歌っているのか、はなはだ疑問。

そこで信濃の国に連なる十州を確認しておこう。諏訪の隣の甲斐（山梨）から反時計回りで、武蔵（埼玉）・上野（群馬）・越後（新潟）・越中（富山）・飛騨・美濃（岐阜）・三河（愛知）・遠江・駿河（静岡）となるが、上野は「こうずけ」、遠江は「とおとうみ」と読めるかな。埼玉や富山が信州と隣同士だとは思わなかった。静岡とは、領土が一メートル増えたり減ったりする「峠の国盗り綱引き合戦」が毎年行われている所もある。

二番で「流れ淀まずゆく水は　北に犀川千曲川　南に木曽川天竜川」と川を歌っている。千曲川は島崎藤村作詞の「小諸なる古城のほとり　雲白く遊子悲しむ」で始まる『千曲川旅情の歌』で人口に膾炙《かいしゃ》している。国語の時間に暗誦させられた覚えがある。

演歌では、五木ひろしの「水の流れに花びらを　そっと浮かべて泣いた人」で始まる『千曲川』（山口洋子作詞・猪俣公章作曲）がヒットした。なお、日本一長い川は？（答えは最後に）。

木曽川や天竜川も負けてはいない。『木曽節』（伝承民謡）は冒頭「木曽のナー　なかのりさん　木曽の御嶽《おんたけ》　ナンチャラホイ」と筏乗りと御嶽山を歌い込む。木曽出身の力士・御嶽海《みたけうみ》への期待は大きいが、さて……。

天龍川は諏訪湖に発し、伊那谷を流れる急流で、『天龍下れば』（長田幹彦作詞・中山晋平作曲）に「ハアー天龍下ればヨー　ホホイノサッサ　しぶきに濡れてヨ」と歌われている。飯田市に「天龍ライン下り」と「天龍舟下り」があって、春夏秋冬折々の景色が眺められる豪快な舟旅は、多くの観光客を惹きつけている。

『信濃の国』に地元の諏訪は、出てこないのかと思っていたら、三番に「木曽の谷には真木茂り　諏訪の湖には魚多し」とある。諏訪の湖とは諏訪湖のことで、漁業が盛んだということ。御神渡りでも有名な諏訪湖から流れ出る川は、一体どこを目指すのか。

県内各地を回り、諏訪に来たところで、今度は『諏訪郡歌』(岩本節次作詞・田村幾作作曲)に触れたい。子供の頃、意味など分からず、歌って覚えた。一番は「富士赤石の二山系　並びて走るその中に　海抜三千有余尺　分水脊の一天地……」とある。海抜のことは分かるが「分水脊」って何だろう。脊は「せき」と読む。

富士見高校の裏手に渡辺千秋氏の別荘「分水荘」があって、戦後しばらく詩人の尾崎喜八氏が住んでおり、三井盛雄君が自作の詩を見てほしいということで、伺ったことがある。親切に対応していただいた。私の父は乞われて、しばしばそばをもてなしたと聞く。別荘の跡地は現在、富士見町所有の「ふじみ分水の森」となっている。

ここで高校一年の地理の時間を振り返る。ある時、教師は「富士見に降った雨は、どこの海に流れ込むか」と質問。小学校の修学旅行で静岡に行き、海水がしょっぱいことを体験したので、私はすぐ「太平洋」と答えた。すると「なら、諏訪湖に流れた水はどこへ行くんだ」と、ある女生徒を指名した。彼女は、すぐ「日本海です」と、困ったような小声で答えた。すると意地悪教師は「いつから、そうなった」と詰問。正解はどっちも同じの太平洋。だが、どっちも同じという問い掛けが曲者だ。

無理はない。何しろ、諏訪湖なんて行ったことがないんだから。小さい頃、たまたま上諏訪で初めて諏訪湖を見た時、兄が「この海の向こうはソ連だ」と真顔で言ったので、長いことそうかもしれないと思っていた。兄の教えが正しければ、女生徒の答えは正解だったのだが。誤答への教師の口癖は、必ず「いつからそうなった」だった。

なぜ、こんな話を持ち出したか。『諏訪郡歌』に歌われた「分水脊」を知りたかったからである。分水嶺とは「分水界となっている山脈」（岩波書店『広辞苑』第七版）とある。中央分水嶺は列島を縦断する大きな分水嶺で、流れ込むのが日本海か太平洋かを示す。

八ヶ岳分水嶺は、中央分水嶺の一つで、降った雨が千曲川を経て日本海へ注ぐのか、富士川から甲府盆地を経て太平洋に注ぐのか、または一度諏訪湖に流れ込んだ後、天龍川を下り太平洋に注ぐのかというもの。地理の授業の正解が出た！

　富士見の分水嶺について母校の前身「諏訪農学校」の校歌（第二）には、「秀麗富士は　今朝も晴れ　大和島根の　脊梁に　清く聳ゆる　学舎は　われ等の行を　練るところ」と「脊梁」として登場する。脊梁は背骨のことである。

　では、郡歌ではわざわざ分水脊としたのは、なぜか。そこで、想像してみることをお許し頂きたい。富士見町にある分水嶺は、分水嶺としては規模が小さいので、別名の方がいいと考えた。出しゃばってはいけない、謙譲の美徳でいこう、としたのではないか。

　今でも大雨が降ったりすると、高校時代や富士見の分水嶺のことが思い出される。

（日本一長い川は「信濃川」で三百六十七キロ）。


（二〇二二年九月）

歩いて歩いてどこまでも　銀座や新宿から大塚まで

健康法の一つで、よく世間に推奨されているものにウォーキングがある。医者も勧め、マスコミも盛んに勧めている。やれ一日一万歩だ、いや八千歩でいい、などと様々に言われている。中にはランニングの方がいいと言って、走り回る御仁も多数いる。

交通手段が貧弱な時代に育った我々の世代は、何と言っても歩け歩けだった。何千歩がいいなどと、言ってはいられない。とにかく、歩かなくては生きてはいられなかった。馬車があっても、それは「運送」といって荷物を運ぶのをもっぱらとしていたから、なかなか乗せてはもらえない。田畑への往復も、運送の後ろを歩くのが常で、健康との関係など眼中にはなかった。

道路といえば、石ころだらけのでこぼこ道で、楽には歩けず、雨や雪が降れば泥道で難渋した。今は日本中どこへ行っても道路は素晴らしく舗装されているのは、

ＮＨＫの旅番組で俳優の火野正平氏が自転車で走っているのを見ればよく分かる。

国民学校一年生になって、田舎道を毎日休まずに通った。登校は嬉しかったが、厳しい坂道を喘ぎながら登って行くのは苦痛だった。夏はいいが、冬になると北風が襲ってくるし、雪の日は吹雪交じりで、前が見えないくらいの中を歩いて行くのだが、最初の冬はワンワン泣きながら上級生の後ろに付いて行ったものだ。

歩くのはいいのだが、履き物が満足になく、自分で編んだ草鞋を履いて行ったこともあるが、哀れ途中でぐずぐずになり、裸足で行くのと同じこともあった。雪の中を裸足で学校に辿り着いた時には、冷たいという感覚がなくなっている。教室に入ると、今度は足がポカポカ火照って熱くなる。逆に裸足で家を出た夏は、行きはいいのだが、帰りは土が熱過ぎて、爪先立ちで跳ねるようにして帰ってきたことも。

小学校から中学校まで合計九年間を、同じ道を往復した。その間に多少道路も改善されたとはいえ、微々たる進歩だった。通学に加え、家では田畑や山林への往復も、とにかく歩かなければ何も始まらなかったから、仕方なく歩き、結果として足は鍛えられた、と言っていいだろう。

地元の高校に入ると、やはり道路はでこぼこで、雨や雪が降ると泥道となる無舗装の山坂の多い道を往復することになる。今度は、距離は片道五キロと大幅に増えた。夏は下駄、冬は長靴で、履き物がないという事態は避けられた。参考書や単語集を見ながら歩いたが、特に不満はなかった。乙事の自転車通学者は、五味真人君一人。

東京で働くようになり、行動範囲が広くなると、金がないことも相まって、田舎で培った歩く体験が大いに役立つことになる。勤め先の会社から、入社後最初の三カ月間は交通費は出ないと言われ、下宿から毎日歩いて往復した。都電に乗ればいいのだが、金がない。雨模様の日に従弟から借りた自転車で出掛けたところ、都電の軌道を横切ろうとして滑って転び、荷物を散乱させたこともある。

滅多に行かない銀座に出掛けた時は、大塚の下宿まで歩いて帰ったが、それをきっかけに神田からも、新宿からも歩いて帰った。賃金が上がっても、歩くのはやめなかった。

船橋市に居を移したのちのお話。ある土曜日。担当雑誌に漫画をお願いしている漫画家と地下鉄東西線木場駅から互いの住まいの地船橋まで歩こうと誘ったが、さすがの私も西葛西駅付近で降参。漫画家はもっと辛かったらしく、翌朝頂いた原稿の袋の上には涙をポロポロこぼしている足の裏が描かれていた。悪かったね。

また、狭い畑中の道路をバスだと大幅に時間が掛かり、遅刻が心配で、船橋駅まで毎日徒歩で往復した。景色も楽しめ、ビール腹もだいぶへこんで、嬉しかったね。

ロンドン大学の夏のセミナー出席の折、ある出版社から首相官邸（ダウニング街10番地）の写真撮影を頼まれた。講義の合間に時間ができたので、官邸に向かった。大通りに面した頑丈な鉄扉の前で、許可証がなければ入構できないと守衛に断られ、その話を主任のウエルズ教授にしたところ、すぐにロンドン警視庁の許可証を手配してくれた。それを持ってまた徒歩で向かうと、今度はOK。官邸撮影のついでに、警備の警察官に私の写真も撮ってもらった。教授に感謝。

ロンドンではウエストミンスター寺院、バッキ

英国首相官邸の戸口に立つ著者

ンガム宮殿、大英博物館、ハイド・パークなど、どこへも歩いていった。だから赤いバスのダブル・デッカーには、一度も乗ったことがない。

（二〇二二年十一月）

小川が流れ、狸がいた町　ＤＪポリスもお出まし

「高校生が、どうしてこんな時間に、こんな所を歩いているんだ」

一九五五年四月、今は箱根駅伝などで勇名を馳せる大学の学生となって間もなく、空き時間に格安の床屋へ行こうと渋谷駅前交差点を歩いていた時、突然警察官に呼び止められた。学生服に田舎で使っていた布製の鞄を持った小柄の男は、大学生とは認めてもらえなかったらしい。学生証を見せて事なきを得たが、恐怖だった。

童顔で、四年後に就職した出版社でも、口さがない先輩女子社員に「どこの高校を出てきたのウ」と冷やかされもしたし、同僚からはいつも若く見られていた。

その頃の渋谷について、歌手の井上順は「生まれ育った東京都渋谷区は、駅から少し離れると、田んぼや畑、原っぱが広がり、小川も流れていました。当時、渋谷の子どもたちは太陽の下で遊んでいましたね」（毎日新聞「美とあそぶ」二〇二二年十一月二十八日）と言っている。

その頃の渋谷駅前交差点は、今とは大違い。特に、これといった特徴はない。百貨店の前に鎮座するハチ公は名物で、放課後の待ち合わせ場所にはよく使った。

駅前から都電が走っていても、とても地味な町だった。当時、目に付くのは、現在NHKのある米軍の宿舎だったワシントン・ハイツぐらいだろう。その昔、唱歌『春の小川』(高野辰之作詞・岡野貞一作曲)に歌われ、今は暗渠となっている小川が流れていたし、古参教授の講義中の脱線話だと、その昔「学内で狸を捕まえ、狸汁を楽しんだよ」とのことだ。

ところが、近年は民放テレビの、時にはNHKのニュース番組の冒頭画面は、渋谷駅前のスクランブル交差点の映像が多く、渋谷という地名を知らない人は全国的に少ないだろう。東京の中心は、かつては都庁所在地千代田区丸ノ内から新宿へと移動したが、いつの間にか都庁のない渋谷になっていた。

渋谷にまつわる小噺を一つ。

ある人がタクシーに乗り「日比谷へ」と言ったところ「渋谷」へ連れて行かれたという。渋谷の「シ」と日比谷の「ヒ」は、発音時の舌の位置(調音点)が、とても近い摩擦音なので、同じような音に聞こえるかもしれないが、土地は互いに遠く離れている。

ついでに、東京の下町生まれの中には「ヒ」と「シ」が上手く区別できない人があって、朝日新聞は「アサシヒンブン」、潮干狩りは「ヒオシガリ」と発音する人がいる。余談だが、ある米国人がタクシーで行き先を聞かれ、「イケバワカール」（行けば分かる）と言い、運転手を怒らせたという笑い話もある。さて行き先は、どこ？（答えは文末に）。

大学生活初日、住んでいた西多摩郡羽村（現在は羽村市）から青梅線、中央線を経て、新宿で山手線に乗り換えるのだが、ものすごく混んでいて、次の電車でいいと思っていたら、次も同じ。そこで思いっきり乗客にぶつかっていき、乗ったはいいが、揚げたままの片足が床に下ろせない。度肝を抜かれ、恐ろしい経験をした。

渋谷で下車するが、次の駅、恵比寿を告げる車掌の「次はイビス」のような発音を聞き、ああ、地方から働きに来て頑張っているんだなと、ちょっと笑みがこぼれた。

当時は都電が多く走っていたが、みんな貧乏学生だから、それを横目に歩いて宮益坂を登る。緑ケ岡という優雅な名前の土地（今は「渋谷」になってがっかり）に大学はあり、休み時間によく構内の庭園散策を楽しんだ。

　さて、渋谷の駅前スクランブル交差点は「世界で最も有名、最も混雑している交差点」であるばかりか、外国人観光客に人気のスポットでもある。二十一世紀になってから、大晦日、サッカーW杯、ハロウィーンといった社会的大イベントの際に、若者が集まってお祭り騒ぎをする、象徴的な場所となった。これは地元のお祭り騒ぎではなく、外部の人間の騒ぎで、外国人も大勢詰めかける。

　その様子がマスコミやSNSで積極的に報じられると、さらに多くの人が共感や刺激を求めてやってくるようになった。行儀がよくない群衆に向かって警備の警察も応接に大変で、ＤＪポリスなどという言葉も生まれたほどだ。商店街も群衆への対応で大童《おおわらわ》。商店会の会長自ら町を巡回している。

　大晦日のカウントダウンで群衆が集まるようになったのは、多分二十一世紀前夜の二〇〇〇年ではないかと思われる。サッカーW杯では、二〇〇二年の日韓大会の日である。渋谷には、もともと店内でテレビ観戦できるスポーツバーが多かったのも一因。日本が勝利すると、互いにハイタッチするなど交差点は、大盛り上がりとなった。二〇一九年六月、ハロウィーン期間中などに路上飲酒を禁止する条例が、渋谷区議会で可決、成立し、施行されたが、残念ながら若者たちには守られている様子はない。

集まってきた若者や外国人が路上で酒を飲んだうえに大騒ぎし、はてはゴミを放置したり、交通を妨害したりしている現状を見ると、将来大胆な対策——例えば路上飲酒禁止やゴミ放置を処罰するといった条例の制定——を講じなくてはならなくなる予感がする。

今年の大晦日のカウントダウンは、どうなるのだろう。

（答：池袋。お客は「イケバクーロ」と発音したと推測される。イケブクロ（Ikebukuro）のブはローマ字だとbuで、英語では、バ（bus〈バス〉のbuなど）とも発音する）

（二〇二二年十二月）

無農薬野菜消費の四十年　金銭ではかれぬ安心安全

長男誕生の翌一九六九年、待望の公団住宅の抽選に都内と船橋市の二カ所続けて当選した。当時都内の大気汚染は深刻で、連日光化学スモッグ注意報が出されるほど。そこで、船橋に決めた。

その頃、日本では水俣病、イタイイタイ病などの公害で多くの人が苦しんでいたが、公団勤務の熱田忠男氏が職を辞して、千葉県野栄町（現匝瑳《そうさ》市）に移住し、農業の道へ進むことを決めた。そして一九八二年、仲間と語らって「菜っぱの会」を立ち上げた。

当時、各地に「農産物生産者と消費者が手を結ぶ共同購入運動」が広がりを見せていたが、量的に満たされるものではなかった。この会は、安全な食べ物が安定して生産されるためには、もっと生活に密着したところから見直し改革していこうと決めた。

家には、育ち盛りの三人の子供がいた。連れ合いが近所の母親の話を聞いてきて、相談の結果、会に入り、安全で美味しい野菜やお米を共同購入することにした。

消費者の対象地域は船橋市・習志野市・千葉市で、会の活動は二つ。一つは農薬・化学肥料に頼らず、自然の環境を基本に作られた農産物を作る生産者と、その生産を支える消費者の共同購入運動。もう一つは講演会など会員の学習活動。

会員の義務は具体的には、①野菜の共同購入、②会費の支払い、③定例会出席、④生産物の全量引取り、⑤生産者の畑の状況の会員への報告、⑥米の消費者は最低一回田の草取り参加、⑦年間作付けに関しては共に話し合う、⑧年に一度の生産地訪問を原則とする、の八項目。共同購入品は、野菜、お茶、石鹸など。会費は配送料一回千四百円、運営費月百円に設定。

週一回の配送は当初生産者が担い、夕食に間に合えばいいと思ったが、なかなかそうはいかず、夕食後に届くこともあった。そこで運送業者への依頼に変更し、なんとか夕食に間に合うようになった。そのため会費は、配送料一回二千円、運営費月四百円となった。安全は高くつくなあ。

こうして長く継続してきたが、運賃の高騰、会員の高齢化、転居による脱退、配送業者の高齢化もあって、宅配便となり、現在は料金一回千五十円で送られてくる。つまり月最低四回として、配送費が四千二百円必要となる。これを高いと見るか。

会員になって、初回に届いた野菜を見て目を疑ったが、それに触れる前に、「菜っぱの会」の会員にまとめていただいた生産の実態の一部を船橋市主催の「消費生活展」の掲示から見てみたい。

《私たちは無農薬、有機農業に情熱を燃やす生産者と巡りあったが、お金を出したから安全な物が手に入るとは限らないことを知りました。それは、化学肥料、農薬、除草剤の代わりを私たちが担わなければならなかったからです。生産者は天敵が畑に住み続けられるよう様々工夫しますが、時として大発生する夜盗虫、青虫には逆らいきれません。一夜にして、キャベツ、白菜等は全滅です。また除草剤の代役は大変な苦労です。炎天下の畑、さらに大変なのが水田の草取りです。タニシ、ヤゴ、ヒルなどの住む泥の中を、四つん這いになり雨嵐関係なく頑張ります。腰が痛いからとこれを外したくなりますが、しんどいからと草取りを止めたら、除草剤に頼る他ありません。私たちは農薬の代わりをすることで、米、野菜作りの大変さ、そして労力、苦労を惜しんでは収穫できないことを知りました。また、旬の物を食べることが健康につながることを知りました。この素晴らしい食文化を発掘し続けたい》

田舎で親に言われて嫌々やり、それ故、家を飛び出す契機の一つとなった農作業が、実は安心安全な農業だったと今さらのように胸に落ちた。

　こうして、当初ようやく生産できた人参は、やせ細り、色つやも薄く、すぐ捨てたくなるようなものだった。菜っ葉も網目が縦横に走っていて、言葉を失った。でも、これが安全な健康食品と納得した。それから紆余曲折を経て、立派な野菜が届くようになった。

　自分も頑張ろうと、近くに畑を借りて野菜を作ったが、当初張り切ってこまめに世話をした時は、堆肥と無農薬で立派な野菜ができたのだが、多忙で休日出勤などしていると、畑は瞬く間に雑草に覆われ、どこに野菜があるか判然としないこともあった。

田の草取りは重労働

その後千葉に家を買い、当初芝生の庭だったものを畑に代え、キッチンから出る野菜屑をコンポストで堆肥にし、季節の野菜を育てている。老後の楽しみである。

現在、週一回木曜日の午前中に、前日収穫した野菜が届く。昼食にも間に合うので、都合がいい。時々、白米（五キロ三千円）や、コンポスト用の米糠、籾殻もお願いする。八十代の老夫婦、三人の子供がみんな健康で生きて来られたのは、四十年に渡り、安全な野菜作りに情熱を傾ける熱田忠男氏一家と会員たちの協力の賜物と感謝している。

健康や安全を、経済と天秤に掛け続けていってていいのだろうか。農薬や化学肥料をふんだんに使った農業は、どうなっていくのか。土は変わり、肥料高騰で、撤退する農家が今増えていると聞くが……。

　ポツリ言う「土が変わった」畑を見て
　　開拓農の義兄の嘆き

この短歌は、姉の農作業を手伝おうと里帰りした折、近寄ってきた義兄が、誰に言うともなくつぶやいたのを詠ったものである。

（二〇二三年一月）

雪の降る町、雪の古町　苦い恋の思い出と共に

長く生きていると、ある思い出が何度か交錯することがあるのに同意する人は多いのではないか。故郷に雪は降るが、雪国育ちではないのに、なぜか雪が懐かしい。

一九五三年、高校一年の冬。『白い花の咲く頃』（寺尾智沙作詞・田村しげる作曲）などが流行っていた頃、前年に始まったＮＨＫの「ラジオ歌謡」に登場し、一度聞いたら忘れられない歌と出会った。それが『雪の降る街を』（内村直也作詞・中田喜直作曲）だった。

歌は四拍子で、雪の降る知らない町をゆっくり歩いているような気分にさせてくれた。絶対に覚えてやろうと、毎日ラジオにへばりついた。「ラジオ歌謡」には、明るい『朝はどこから』（森まさる作詞・橋本国彦作曲）や郷愁を誘う『山小舎の灯』（米山正夫作詞・作曲）などヒット曲が目白押し。後者の二番には〈昏《く》れゆくは白馬《しろうま》か穂高は茜よ〉と信州の郷土色豊かな表現もあって、親しめた。

高校の放課後の学級委員会を中座したのは、最後までいると歌が聴けなくなるからで、急ぎ雪道を家へ。間に合った。聞き終わると歌詞を書き取り、懸命に暗記した。冒頭、タイトルと同じ〈雪の降る街を〉が繰り返され、耳に残りやすく、また〈想い出だけが通りすぎてゆく〉がお気に入り。一番の〈温かき幸せのほほえみ〉、二番の〈緑なす春の日のそよ風〉、三番の〈新しき光降る鐘の音〉が、春を待つ希望を歌っているのがいい。

ラジオを聴こうと連日家路を急いだ裏には、もう一つ秘密があった。中学でシェイクスピアの英語劇『ベニスの商人』に加わった一年後輩で、ポーシャ役を演じた憧れの美人が、学校帰りに町のピアノ教室に通う日があって、坂道を降りてくる。彼女と会えるかもしれないと思うと、胸が高鳴る。運よく会えても、彼女は頰を染めて雪の降る町へ去ってゆく。その瞬間が、えも言われず幸せだった。

でも、彼女が別の高校に進学して、この恋も淡雪のごとく消え去った。『雪の降る街を』は、こんな思い出もまとい、ずっと心の中に生き続ける。

会社では主に内勤の身だったが、思いがけず仕事で新潟を六年間担当することになり、年に数回訪れる機会に恵まれた。なにしろ酒がうまい。ビール党がいつの間にかか日本酒党に生まれ変わってしまうほどだった。

大学の先生方との会議や相談事が多く、その後酒席を共にするのが常だった。大雪の降った日、市内案内で真っ先に連れて行かれたのが、新潟市の古い中心地の「古町」である。そこで「フルマチって、なかなか風情がありますね」と言ったところ、即座にアクセントを直された。

「フルマチ」でなければいけないのだと言う。ショックだった。「フルマチ」なら「古町」が「降る町」にも、なるなあと雪道で納得したが、なかなかアクセントに慣れるのは難しい。後で替え歌『雪の古町を』を詠ってみた。

共通語の「古い」は、「フルイ」と「ル」にアクセントを置く中高型で、これが身についているので変えるのは困難。故郷、雪国などは、この部類。一方「降る」は、「フル」と「フ」にアクセントを置く頭高型で、富士、赤などは、この部類だ。そうすると、歌のタイトルは『雪の古町を』としたってかまわないよね。

因みに、私がよく注意されるのは「声」の発音で、「コエ」と「エ」にアクセントを置き、「肥」に聞こえるとのこと。「声」は共通語では「コエ」と「コ」にアクセントが来る。もう一つ「席」はどうか。私は「セキ」と「キ」にアクセントを置くが、実は「セキ」とするのが共通語。少しずれるが、私の場合「ピンキーとキラーズ」のヒット曲『恋の季節』（岩谷時子作詞・いずみたく作曲）が『肥の季節』になっちゃうんだって。農家の息子だもの、いいじゃない。

話を古町に戻そう。大雪の日の夜、先生方一行と町の酒場を訪れた時のこと、当時まだカラオケがほとんどない時代。飲んだり食べたりして一段落。そこでサービスに件の『雪の降る街を』を歌い出したところ、即座に全員から「もう雪はやめてくれ」と猛抗議がきた。

この土地に降るあまりの雪の多さに、地元の人たちは辟易されていたことに気づかなかった歌好きの男の大失敗。平身低頭の謝罪。それから六年後、美味しい酒の味を覚え、新潟を去るに際し、

古町のアクセント知り任期終え

と詠み、降る町との別れを惜しんだ。

雪の歌でもう一つ大ヒットした曲は、アダモが歌う『雪が降る』（サルバトーレ・アダモ作詞・作曲、安井かずみ訳詞）だ。アダモと越路吹雪のジョイント・コンサートで、彼の歌唱を楽しんだのはいい思い出だ。

『雪が降る』の替え歌『風が吹く』を作ったのは、二〇〇八年三月のこと。「雪」「降る」を「風」「吹く」に置き換えて歌った。暴風が吹き荒れ、千葉のＪＲの電車が軒並み止まった。田舎のクラス会を横浜で開いた当日のこと。幹事の私も、私鉄を乗り継ぎ遠回りをして、やっとの思いで辿り着いたが、田舎の人たちは乗った特急がなかなか動かず、大変な思いをした。三月だったので雪はなかったが、歌にしてみた。

昨年暮れから一月にかけて、日本各地は大雪や暴風に見舞われた。十年に一度の最強寒波を伴って。みんながこんな経験は初めてと口々に言った。停電で水道、電気が使えず、雪かきに追われ、雪に埋もれた死者も出た。高速道路の渋滞三十四キロで、運転席閉じ込め十五時間。電車も線路上に十五時間立ち往生。

この冬は『雪の降る街を』などと、のんきに歌っている場合ではなかった。

（二〇二三年一月）

負われてみた追ってみた　音が似ていて誤りやすい

桜の季節がやってきた。そこで冒頭、桜が登場する歌について、次の空所を埋めていただきたい。

「春高楼の花の宴［　　　］かげさして　千代の松が枝わけいでし　むかしの光いまいずこ」

できただろうか。土井晩翠作詞・滝廉太郎作曲の名曲中の名曲『荒城の月』の一番で、高齢者ならそんなに難しくはないと思う。しかし、残念ながら音楽の授業で習わなかった世代もある。直木賞作家の向田邦子氏は何と答えたか。

彼女は一九八二年のエッセイ集のタイトルに、この答えを書いている。それは少女時代の回想で、戦前のサラリーマンの家庭の暮らしを蘇らせる他、何気ない日常から鮮やかな人生を切り取る珠玉のエッセイ集と言われている。

では答えを……。向田邦子氏は、「めぐる盃」を「眠る盃」と覚えていたという。

「めぐる」と「眠る」では大違いのようだが、ローマ字で書くと、どうなるか。「る」以外は子音を除くとeとuとなるので、響きは互いに非常に近くなり、聞き違えの確率は高くなるのではないか。子供は「母の背中（昨今はお腹）で聞いた歌を道連れに」生きて行くが、その時文字は伴ってはいず、心地よいメロディーを体で受け止める。

聞き間違いなのか、それともうろ覚えかは判然としないが、歌詞とは違った歌い方をしている例はいくらでもあるだろう。個人的な体験も含めて紹介してみたい。

まず童謡だが、それは初めから歌詞を確認して歌うものではなく、多くは聞いて覚えたものだろう。『どんぐりころころ』（青木存義作詞・梁田貞作曲）は、どんぐりが主人公なので「どんぐりころころどんぐりこ」と歌いがちである。私も数年前まではそう歌っていて、不思議とも思わなかったが、池には「どぶん」と落ちるので「どんぶりこ」でなくてはならないのに。ローマ字で書いてみてほしい。

では『浦島太郎』（文部省唱歌）はどうだろう。乙姫から、開けてはいけない、と言われてもらったお土産を開ける四番の冒頭「帰って見ればこは如何《いか》に」を「怖い蟹」と歌った経験を持つ人はいるだろう。何しろ海の底から帰還したのだから、蟹がいてもおかしくはない。

また『アルプス一万尺』（作詞不詳・アメリカ民謡曲）は、女の子が向き合って両手を打ち合わせながら歌っているのをよく見掛けたが、冒頭の「こやりの上で」を「小山羊の上で」と覚えた人がいる。「こやり」→「子山羊」の変化は、ローマ字で子音を除けばoとaとiで、聞き間違いは起こりやすい。それとも小槍より小山羊の方が可愛いからか。

森昌子の歌う『せんせい』（阿久悠作詞・遠藤実作曲）の「傘にかくれて桟橋で」のところを「サンバして」と聞いた女の子もいたらしい。海無し県生まれなら桟橋などという言葉は、あまり馴染みがなさそうだが。『大きな栗の木の下で』（イギリス民謡、一番は訳詞者不詳）は、動作をつけて歌う手遊び歌で、私も近所の「歌う会」では皆さんと一緒に体を動かしながら歌っている。「あなたと私　仲良く遊びましょう」を「魚と私」と歌った人がいる。魚と木の下で遊べるなんて、奇抜で愉快だ。

『赤い靴』（野口雨情作詞・本居長世作曲）は「赤い靴はいてた　女の子　異人さんにつれられて行っちゃった」の異人さんが「言い爺さん」と聞こえたり、覚えたりする人がいるのだそうだ。

『仰げば尊し』（作詞作曲者不詳・スコットランド民謡曲）は、かつては卒業式の歌の定番だったが、昨今は新しい歌を歌うところが多くなっている。歌詞も文語調で馴染みのない言葉が続く。各番の最後を締める「（今こそ別れめ）いざさらば」は「いまさらば」と聞いた子がいる。これもローマ字化してみてもらいたい。「いざ」などは、今や日常用語ではないから無理もない。

信州のかつての生活や自然描写から始まる『故郷』（高野辰之作詞・岡野貞一作曲）の歌詞の勘違いは、大人たちが子供をからかう最高の題材だろう。若者が「兎追いしかの山」の「追いし」を、「美味しい」と解釈していると言って揶揄《やゆ》非難するが、大正の初めに作られ、文語調の歌となれば、大人だって満足に理解して歌えるとは限らないのに。その後に続く歌詞を、よく吟味すれば、「美味しい」などという解釈はできるはずはない。

替え歌なら「地蜂追いしあの山　兎撃ちしあの森」とでもなろうか。私たちは兎追いをした最後の世代かもしれないので、この歌には大いに愛着がある。

この歌に関して一言。石川啄木は故郷を追われるようにして出たのに、「ふるさとの山はありがたきかな」と肯定的に偲んだが、唱歌『故郷』は様々な事情で「歌えない」「歌いたくない」「歌わない」という人が存在することも忘れないでほしい。

同様に、あげつらわれるのが『赤とんぼ』（三木露風作詞・山田耕筰作曲）だ。「夕焼小焼の赤とんぼ　負われて見たのは　いつの日か」だが、小さい頃トンボ追いで遊んだ世代としては、「負う」が『故郷』に出てきた「追う」に重なってくる。この歌は、一番だけ見ていたのでは「とんぼ」と「負われる」の関連が不明瞭だ。三番にやっと「十五で姐やは　嫁に行き」とあるから「（作者が）負われた」と分かる。

『思い出』（古関吉雄訳詞・イングランド民謡 Long Long Ago）は翻訳が複数あるが、「かきに赤い花咲く」で始まるのが懐かしい。柿の花は白か黄みを帯びた白ではなかったか。この「かき」が「垣」とは知らなかった。「垣根」というのが普通だから、「柿に赤い花が咲く」なんて冗談じゃないと思ったものだ。

歌謡曲の『お富さん』（山崎正作詞・渡久地政信作曲）は「粋な黒塀　見越しの松に」で始まるが、黒塀も見越しの松も知らないで歌うと「御輿の祭り」となってしまうのだ。黒塀と見越しの松は、釣り合っているが、御輿と祭りも十分釣り合っているから、けちの付けようがない。

歌は楽しんで歌うもの。正確に歌う努力は必要だが、うろ覚えでも、楽しく歌って過ごしたい。

（二〇二三年三月）

誰かさんと誰かさんが麦畑　麦秋の景色に見とれて……

英語には、「麦」という単語がない。それぞれ大麦、小麦、ライ麦、オート麦というが、だからといって日本語が英語より優れているわけではない。文化が違うのである。だいぶ昔「貧乏人は麦を食え」と言った（らしい）大臣がいたが、昨今、ウクライナ産小麦の輸出がままならず、小麦粉の高騰に端を発した物価高が世界の悩みである。ロシアが侵略戦争を仕掛けた結果の惨禍と言えよう。

以前、妻と九州旅行に出た折、新幹線が米原駅を過ぎた辺りで、車窓に広がる黄金色に輝く麦畑に出会い、「おっ、麦秋だ！」と叫ぶと、妻は「えっ、バクシュウ、何それ？　知らなかったわ」と初めての景色にほれぼれ。博多を通過、佐賀平野に入ると、さらに見事な麦秋が待っていた。まだ麦作が盛んに行われていた時代に育ったのに、麦秋という言葉は、映画『麦秋』（小津安二郎監督、原節子主演、一九五一）を見るまで知らなかった。

麦といえば、忘れられない思い出の一つに「麦踏み」がある。冷たい八ヶ岳おろしが吹く頃、さほど広くもない麦畑は、霜が解けてドロドロ。一人たたずみ、黙々と麦を踏む。これをやらなければ、いい麦は穫れない。

コロナ禍の昨年（二〇二二）の暮れ、道東を旅した折、現地の広大な、どこまでも広がる青々とした麦畑を見て、驚愕した。学生の頃、初の北海道旅行で義姉の実家を訪ねた折、トウモロコシ畑を見て腰を抜かしたことを思い出した。向こう端が見えない。

麦の思い出で最高に強烈なのは、一九八六年五月の中国の、北京から西安への二十四時間列車の旅だった。列車は一面麦、むぎ、ムギの畑の中をどこまでも走り、果てしないのだ。因みに、二〇一四年夏の黄河の源流を訪ねるバスの旅では、どこまで行ってもトウモロコシの畑の間を走る。ひょっとして中国人の身体は、麦とトウモロコシでできているんじゃないかな。

こんな状況を象徴するかのように、第二次世界大戦中に大ヒットした『麦と兵隊』（藤田まさと作詞・大村能章作曲）に触れたい。歌詞の中の「ゆけど進めど　麦また麦の」は、私の中国体験とピッタリだ。

徐州　徐州と　人馬は進む
徐州居よいか　住みよいか
洒落た文句に　振り返りゃ
お国なまりの　おけさ節
ひげが微笑む　麦ばたけ

ゆけど進めど　麦また麦の
波の深さよ　夜の寒さ
声をころして　黙々と
影をおとして　粛々と
兵は　徐州へ　前線へ

「数多くある当時の秀れた軍国歌謡のなかでも、特に人口に膾炙《かいしゃ》したのは、ポリドールから出された『麦と兵隊』である。これは、徐州作戦の苦しい戦闘に従軍した作家・火野葦平の作品『麦と兵隊』による歌曲であるが、火野の作品そのものが、当時の国民に大いに愛読されたせいばかりでなく、誰にでも親しみやすく分かりやすい名詩句と、その気分にピッタリ合った作曲によって、たちまちのうちに戦地と銃後に大流行をもたらした」と、『日本流行歌史』（古茂田信男他著、社会思想社、一九七〇）に述べられているが、ヒットの理由が分かる気がする。

麦畑が題材の詩で忘れてならないのは、英国スコットランドの詩人ロバート・バーンズの『ライ麦畑を通り抜け』（スコットランド伝承歌）で、次のようなものだが、曲を聴けば誰でも「あの歌だ」と納得する。訳詞はいくつもあるが、拙訳を紹介したい。

恋する女の子が　ライ麦畑
こっそりキスされて　泣くだろか
誰だって彼氏いるのに　お前にゃいねえ
男たちはからかいながら　にやけてる

意味するところは、密会所としては麦畑に限らないだろうが、ライ麦は特に背が高い（子供の頃は見上げていた記憶がある）ので、恋人同士にはうってつけかもしれない。でも、雲雀の巣を愛で押しつぶさないでほしい。

この歌を替え歌にしたのが、なかにし礼（一九七〇年）で、ＴＶ番組で歌いヒットさせたのが「ザ・ドリフターズ」の面々だ。よく原曲のリズムに乗っていて、聞いても歌っても楽しい仕上がりになっている。最初の数行を紹介しよう。

誰かさんと誰かさんが麦畑
チュッチュチュッチュしている
いいじゃないの ……

このドリフの楽しいステージに見とれていたら、ライバルが現れた。「オヨネーズ」の『麦畑』(榎戸若子・上田長政作詞作曲、一九八九)は、男女二人の農民が、その馴れ初めを東北弁でコミカルに歌う姿は、何度見てもあきない。「オヨネーズ版」だけでなく、鎌と鍬を手に歌い踊る「市川由紀乃&福田こうへい版」も、とっても楽しい。こんなぐあいだ。

俺らと一緒に暮らすのは およね
おめえだと ずーと前から決めていた
嫁っこさ来ておくれ
やんだたまげたな 急に何言うだ
俺も前から松っあんを 好きだと思ってた
……

誰かさんと誰かさんが麦畑　麦秋の景色に見とれて……

次にあげる唱歌『故郷の空』（大和田建樹作詞、一八八八）は、スコットランド民謡の曲のみ使い、詩は全て創作である。

夕空晴れて　秋風吹き
　月影落ちて　鈴虫鳴く
思えば遠し　故郷の空
　ああ　我が父母　いかにおわす

澄み行く水に　秋萩《あきはぎ》垂れ
　玉なす露は　芒《すすき》に満つ
思えば似たり　故郷の野辺
　ああ　我が兄弟《はらから》　たれと遊ぶ

外国生まれの名曲が、日本でこんな広がりを見せるなんて嬉しいではないか。

（二〇二三年四月）

ラジオは英語と歌の友達　湯川れい子さんとの出会い

ラジオからは、色々な知識を学んだ。反骨精神や批判精神も。歌もたくさん覚えた。戦後、米軍の英語放送もあり、英語との接触の機会を与えられた。ラジオは想像力も育んでくれるすぐれものである。

米国の兄妹ポップ・デュオ「カーペンターズ」の大ヒット曲『イエスタデイ・ワンス・モア』(ジョン・ベティス作詞、リチャード・カーペンター作曲、カレン・カーペンター歌、一九七三)の冒頭はラジオから始まるが、こんな情景が目に浮かぶ。一人の少女がラジオの前で、大好きな曲がかかるのを今か今かと待っている。かかると、大きな声で一緒に歌うのだ。とても幸せそうに。でも男性が女性を傷つけるところでは、心が萎えてしまう。やがてそれらの曲も人々に聴かれなくなってしまう。だが彼女が大人になり、またその曲たちがラジオから流れるのを聞くと、久しく会えなかった旧友に会ったような気持ちになるのである。過去を懐かしみ、過ぎし日のその幸せをもう一度と願う。

……

二人の歌を聴いていると、こちらも幸せな気分になり、一緒に歌ってしまう。数々のヒット曲を放った二人とは、東京公演時の記者会見でお会いし、その後レセプションの席で短い会話を楽しみ、色紙を頂いた思い出が残る。しばらくして、妹のカレンは拒食症を患い、若死にしたのが惜しまれる。

記憶に強烈に残るラジオ体験は、戦後一九四七年に始まったＮＨＫの日曜午後七時半から三十分間放送の『日曜娯楽版』から始まる。当初、笑いと歌中心のバラエティー番組だったが、終わりの約七分にぴりっとした世相風刺、政治批判の歌とコントで出場する三木鶏郎の「冗談音楽」が呼び物になり、やがて全時間を使うようになった。学生だった永六輔も加わり視聴率はうなぎ登りだった。

私は小学生から中学生にかけての幼い時代、どんなコントが出るかと首を長くして待った。この番組から、三木鶏郎が作詞・作曲した『毒消しゃいらんかね』や『田舎のバス』などのヒット曲が生まれたが、出る杭は打たれるを地で行く、駐留米軍や政府の横槍で、一九五二年に立ち消えになってしまった。私はこのラジオで、世相や政治の見方を教えられ、参考になった。

後年、一九九五年から二〇一九年まで続いたTBSラジオの『荒川強啓デイ・キャッチ！』も、メモを材料に替え歌作りに励むほど熱を入れて聴いた番組だが、出る杭……の例に漏れず、政府の横槍を受け、放送中止となったのは残念の極みである。

NHKラジオ講座『基礎英語』は高校生になってから早起きし、文字通り基礎力固めに聴き、英語の諺や歌を覚えた。その効果か分からないが、短文の書き取りの懸賞に当選し、ボールペンをもらった。また、夕方の英語ニュース『カレント・トピックス』にも耳を傾けた。

続いて聴いたのは、旺文社提供の文化放送『百万人の英語』と『大学受験ラジオ講座』。大学進学を親が許してくれるかどうか分からないまま、準備だけはしておこうと、深夜に途中で電波が途切れるような状態でも我慢した。英語はJ・B・ハリス先生の書き取りに挑戦し、その成果が大学受験で威力を発揮してくれた。因みに就職したら、職場にハリス先生がいて、定年まで英語のお世話になった。

大学生になると、第二外国語が必修になる。ドイツ語を選択したので、連日早朝の

NHK『ドイツ語講座』を一年間聴いた。線路脇に住んでいたので、電車のガタンゴトンという雑音交じりの放送だった。ドイツ歌曲が次々に紹介され、歌いながら覚えた。『眠りの精』『野ばら』『菩提樹』など、今でも口をついて出てくる。

就職してからは残業続き（平均毎月八十時間）で、ラジオをじっくり聴くことがなかったが、それでも週休二日になってからの週末は、一日中ラジオかレコードと付き合った。当時、ニッポン放送の西銀座サテライト・スタジオからの湯川れい子さんのディスク・ジョッキー番組を熱心に聴いていた。

街中で好きなジョッキーに会えるとあって、スタジオの窓の外は大変な人だかり。そこは映

ラジオ『百万人の英語』の打ち合わせ
（テキストに掲載された写真。右端が著者）

画『君の名は』(菊田一夫原作・大庭秀雄監督)で知れ渡り、フランク永井の『有楽町で逢いましょう』(佐伯孝夫作詞・吉田正作曲)のヒット曲で、本当にホットな町になっていた。

一九六三年の夏、高校二年生向けの雑誌編集の若手として働いていた時、今月は若い有能な女性にエッセイを頼みたいという編集長の要請で、日頃大活躍の湯川さんに原稿を依頼したいと申し出た。湯川さんの爽やかな美声と紹介する楽曲に魅了されていた私の熱の入った提案は、すぐ了承されたのである。

原稿受領の暑い晴れた日、いそいそと有楽町に向かった。スタジオに初めて見る湯川さんの姿があった。窓の外は、ファンで身動きできないほどだった。放送が終わり、純白のドレスの裾をなびかせ、これも白い広縁の帽子姿の主登場。お茶でも、と誘われて近所のカフェに入り、まず原稿を頂く。可愛いイラストも付いている。

すると湯川さんは突然、「私ね、長兄が戦死したの。とても悲しかったわ」などと、ごく私的な話題を持ち出した。実は私も長兄が海軍に志願し、敵の魚雷で戦死していたが、打ち明けなかった。同じ境遇にいた二人の初対面だったが、どのように話したらいいのか、その場では分からなかったからである。

間もなく、大学受験雑誌へ配置替え。受験雑誌には、音楽や映画など娯楽欄は不要と考える風潮があった。そこで読者欄を担当したのを機に、こっそり一角を使い湯川さんに「海外音楽情報」をお願いしたが、これが大変な評判になった。この頃になると、連絡の電話も名字抜きの「れい子さん」となり、仲間に笑われた。ある年のクリスマスに、れい子さんからかわいらしいプレゼントが送られてきた。

ある時、れい子さんから電話。「『ジョニ黒』（当時高価なウイスキー）が入ったから飲みにおいで」と声を掛けて頂き、国立市のご自宅まで伺った。今でも心の奥に残る思い出である。

（二〇二三年五月）

私だけのカセット・テープ　統一前の西ドイツを訪問

バスは快調にハイウエーを走っている。時速百キロ以上出しているのだが、それでも追い抜いて行く車がいくらでもいる。道路沿いの緑の芝生は、きれいに刈り込まれている。車窓はるかに連なるグリーンの牧草地は、広さといい、形といい、さしずめゴルフコースではないか、と疑わせるような見事さを披露してくれている。緑の森も点在している。

外の景色の移り変わりと、バスの心地よい振動に合わせるかのように、先ほどから車内にはテープから軽快な音楽が流れている。運転手のスワァント氏が自費購入のテープを流して、乗客にサービス提供。事務局からの連絡事項の通達や、翻訳の難しい話が終わって、団員みんな疲れが出る頃、居眠りを始める人も出てくる。頃合いを見計らって、運転手のサービスの時間となる。

たまたま知っている歌ならば、曲に合わせて日本語で歌う人があるかと思えば、知らない曲でもリズムに合わせて身体を揺する人があるといった具合で、強行スケジュールの中にも、こんな心なごむ時間がやってくる。

音楽はアコーディオンの伴奏を主体としたワルツ風の曲が多く、ヨーデルなども混じって、軽快であり、スイスのアルプス地方を思わしめる。これを朝となく夕となく聴くうちに、大勢の団員が、なんとかこれを手に入れて、お土産に持って帰りたいと思い始めていたらしかった。

ところで、この旅（一九八三年九月）といえば、物見遊山のそれではなく、出版労連（正式名称「日本出版労働組合連合会」）派遣（とは言っても、私の場合は私費で、年休を取得）の西ドイツ、オーストリアへの出版事情や教科書事情の調査交流、反核平和団体や労働組合との交流、州の文部省訪問などが主目的という、いささか頭の痛い、それだけに重要な旅である。

救いといえば、観光シーズンも終わりを告げ、どこに行ってもかなり閑散としていたことである。したがって、日本人旅行者とも滅多に会うことはなかった。

そんなわけで、忙しい日は午前中ドイツ労働総同盟との会議、午後は高校訪問、夜は反核平和団体との交流といった強行スケジュールであった。とにかく頭を使う時間が圧倒的に多く、疲労困憊したと言いたい。

したがって、バスの中は、時には通訳や観光ガイドによる勉強会ともなったが、主として絵のような景色を楽しみながら、運転手の流してくれるテープに耳を傾け、ひとときの休息となるのであった。

旅も中頃となった時、私と違って口髭だけでなく、顎髭も生やしている細身、長身で、人のよい、どこか日本人に通じる気質を持ったドイツ人運転手は、何人かの団員がテープを欲しがっているのが分かると、「では街に着いたら私が探してあげましょう」と、気安く約束してくれたのだ。

しかし、私たちが会議や観光をしている最中に、彼がどんなに探し回っても、お目当てのテープは手に入らなかったのである。彼の申し訳なさそうな顔を見て、みんなは諦めざるをえなかった。

さて、西ドイツではハノーファーでの見学を最後に、運転手と別れて、空路オーストリアの首都ウィーンへ向かわねばならない。前の晩、ホテルのバーで彼とビールを飲んだ時、「俺のバスでザルツブルグを抜けてウィーンに行けば、料金も安いし、おまけに景色だってすばらしいのに」と、盛んに商売のＰＲを始めた。十日間も一緒にいて、彼の愚痴や身の上話を聞いているうちに、もう古い友達付き合いのような気分になっていたので、彼の言葉に頷きながら、明日は別れかと思うと、ちょっぴり寂しく辛かった。

ハノーファーでは、美しい公園見学が最後となったが、なぜかその時、一番後ろからバスを降りようとしていた。すると、運転手は私を呼び止めて、「これは内緒だが、あなただけにあげる。西ドイツの旅のお土産になると嬉しいのだが」と言って、微笑みながら、なんとみんなが欲しがっていた、あのカセット・テープを渡してくれるではないか。驚くやら、嬉しいやら、他の団員には悪いやら、なんとお礼を言ったらいいか分からなかったが、とにかく誰にも見つからないように、それをカメラ・バッグの奥にしまい込んだ。

ハノーファー空港で運転手（中央）とお別れ

その時、ふと彼には先妻との間に十二歳の女の子がいることを思い出し、「それでは、お返しと言ってては何ですが、これをお嬢さんにあげてください」と言って、持参した民芸品を手渡した。そしてバスを降り、みんなの後を追った。

カービン銃を構えた兵士が警備するハノーファー空港で記念写真を撮ったのを最後に、彼とは別れてしまったが、もらったテープのことは誰にも内緒だった。

そしてそ知らぬ顔で、楽しかった、面白かったなどと言いながら、持ち切れぬほどのお土産を下げて、二週間の旅を終え帰国した。

（二〇二三年七月）

海なし県の『佐渡おけさ』　出張前に土地の民謡訓練

私の故郷、信州の諏訪では、なぜか地元の民謡『木曽節』や『伊那節』よりも、新潟の民謡『佐渡おけさ』に人気があるようだ。子供の頃から折に触れて耳にし、口ずさんできたので、つい十年くらい前までは、民謡の中では『佐渡おけさ』が、私の十八番《おはこ》だった。

海を見ることもなく育った山国の多くの人々は、日本海に浮かぶ佐渡を色々に想像しながら、憧れを込めた気持ちで歌ってきたのであろう。まだ音響装置もない頃のこと、村祭りの夜など、薄暗い乙事諏訪神社の境内で主に若い男女が踊りを踊る時、この歌はなくてはならなかったし、これが上手に歌えることは、異性に強く働き掛ける要素ともなっていた。

歌詞はたくさんあって、紹介しきれないほどだが、誰でも知っているのは次のようなものだろう。

ハアー　佐渡へ　佐渡へと　草木もなびくよ
　佐渡はいよいか　住みよいか
ハアー　佐渡と越後は　棹さしゃとどくよ
　なぜにとどかぬ　わが思い

また結婚式の宴会や同級会……等々でも酒が入ると必ず誰かが、この歌を披露したものである。高音の響きが、たまらなく魂を揺さぶる。一人が一節歌い終わると、上代の待ってましたとばかりに、次々と大勢の人が歌の輪に加わっていくさまは、上代の「歌垣」を彷彿させるかのようだ。この歌われ方は、上手下手はともかく、誰でも参加できるというので、私は大好きだった。

この歌は、小さい頃から大人の声を真似て、よく練習したものだが、大学を卒業するまでは、人前で歌うことはなかったように思う。やはり酒が飲めるようになって、この歌は身体から離れられなくなり、指名されるとこればかり歌っていた。しかし、私の歌っているのは、佐渡で歌われているのとは少し違うのではないかと、佐渡の旅で正調を聴いてきたという友人に指摘されたのだ。

数年前、佐渡を訪れる機会に恵まれたので、現地の歌唱法を身に付けたいものと、期待に胸をふくらませた。両津から乗った観光バスの運転手は、サービスにとハンドルを握りながら、自慢の喉を披露してくれたが、これがどうやら正調に近い歌唱法であるらしかった。

その夜、宿泊の相川の旅館で、帳場から電話で、佐渡会館で歌や踊りがあるから見に行かないかとしきりに勧められ、晩秋の雨の中を出掛けてみると、「立浪会」（保存会）の人たちが歌ってくれたが、これが運転手の歌唱法とよく似ていたからである。

それまで私が歌っていたのと、そんなに違いはないと思えたのだが、やはり周辺を荒海に囲まれた島の人たちが歌い継いできただけに、海なし県の人たちとの歌唱法とは明らかに差があった。努めて、それをマスターしたい、と耳を傾けた。

さらに鬼太鼓《おんでこ》のリズムと響きに酔いしれた翌日、有名な佐渡金山の跡を見学して、残念ながら小木に立ち寄る暇もなく島を後にしたが、『佐渡おけさ』の調べは、体中で響き合いを止めようとはしなかった。

帰京してから、「文三節」で知られる村田文三（現在の『佐渡おけさ』は、彼が節回しの細部を作り上げたと言われている）のレコードを買い求め、何度も繰り返し聴いた。初めての島の旅の余韻を長く楽しみたかったからだ。

だが、その程度のことでは、私の歌唱法は、やはり海の見えない八ヶ岳山麓で習い覚えたものと、さほど変化をきたすことは無理だったのかもしれないが、この民謡への憧れは依然として消えない。

何はともあれ、社会人になって幾ばくかのレコードを買う金ができ、仕事で北へ南へと出張する機会に恵まれるようになってから、民謡に対する関心は倍加した。初めて仙台を訪問した折、民謡酒場でプロの歌手の『大漁節』を聴きながら酒を楽しんだり、次に岡山へ出張するという時には、三橋美智也のレコードを聴いて『下津井節』を勉強してから出掛けるというふうだった。

そうこうするうちに、兄弟や親戚の結婚式や種々のお祝い事の宴席に招待されるようになって、自然とおめでたい歌を聴く機会が増えた。それまでは、たまの宴席ではアメリカの音楽家スティーブン・フォスターの『ケンタッキーの我が家』や『佐渡おけさ』などを披露していたが、叔父たちの歌い踊る『花笠音頭』を何度も聞いているうちに、歌ってみようと思うようになった。地理的にいえば、新潟から山形へと若干の北上である。

『花笠音頭』は、おめでたい宴会などで、よく歌われるだけあって、合わせて踊る踊りも大変盛んのようだ。宴席でも、ちょっとした舞台があれば、「踊るアホーと歌うアホー」という関係が成立する。どうやらアホーの私は、踊りはまったく自信はないが、こんな時は自ら進んで、あるいは他人に促されて、声の限り無我夢中で歌ってしまうのである。

ここ数年続けて蔵王にスキーに出掛けているが、それまでは佐渡と同じく山形は、文字通り未踏の地であった。東北の三大祭りもニュースで見るだけ。うだるような暑さの中で踊る「花笠踊り」の輪の中に一度でいいから加わってみたいものと念願しながら、二十年近い月日が経ってしまった。

この二月、スキー・ツアーで山形を訪れた。ゲレンデで一日中身体を酷使した後、温泉に浸かって身体をほぐし、さてアフター・スキーの始まりである。酒が入り、身も心もトロンとしたところで、あちこちから歌が出る。私はできる限り、その土地ではその土地の歌を歌いたいものと常日頃考えているので、指名されると、早速『花笠音頭』を歌わせてもらった。

この歌だけではないが、この歌は特に皆さんから手拍子を頂かなければいけない。そして歌い手と聴き手が一体となって楽しむところに、この歌のよさが発揮される。

花笠音頭の人気は、こんなところにあるのではないか。

　めでためでたの　若松様よ
　枝も栄えて　葉も茂る

ここで「ハアー　ヤッショマカショでシャンシャンシャン」の間《あい》の手が入るが、私はさらに「も一つおまけでシャンシャンシャンシャンシャン」と入れる。二番に移る時の間を埋めるのにピッタリで具合がいい。弥《いや》が上にも盛り上がること請け合い。

歌の醍醐味は、いくつもあるだろう。そして、それは人それぞれに違うだろう。それは当然であるが、私の楽しみの一つは、やはり歌うということになろう。

色々な場所を訪れ、色々な民謡のナマの姿に接しられるような旅ができれば、こんな幸せはないのではないかと思う。そして、宴席も歌あってこそ、酒の味も一段と増すのではないかと、勝手に決め込んでいるが、皆さんはどう思われますか。

（一九八〇年二月）

公衆衛生・社会福祉の研修　英国のデイ・センター訪問

一九九六年三月十五日から二週間、大学の春休みを利用して、五年ぶりに英国を訪ねた。

目的は二つあって、一つは学生たちと「英国の公衆衛生・社会福祉とボランティア活動」について学ぶこと、二つ目は関連して学生たちが英語を学ぶ英語学校の引率だった。

もちろん前者が主目的で、このプログラムは、日本の大学生に福祉先進国英国の社会福祉を早いうちから学び、将来の日本の福祉を背負う人材に育ってほしいという希望を託して私たちから提案し、ロンドンのキングズ・スクールという英語学校に作っていただいた。それに、一週間の英語研修を付加した複合コースである。

学習した福祉政策の詳細には触れずに、ここでは前者の課程修了後に独自に行った社会福祉施設訪問を簡単に紹介したい。

福祉といえば、まず高齢者が想起されるように、私たちの関心もそこにあった。すなわち、エイジ・コンサーンである。エイジは「高齢」、コンサーンは「関心」で、高齢者に関心を寄せようというのが当初の意味である。この組織は、英国内で高齢者を支援する最大の影響力を持つ全国組織で、二十五万人ものボランティアを抱えている。

ある日、東京国際大学の堀口六壽教授と共にロンドンは、ブロムニー（ビクトリア駅から電車で約二十五分）にあるエイジ・コンサーン運営のデイ・センターを訪ねた。非常識にも事前予約を取らなかったが、快く迎え入れてくれた。それは、前日に我々がセンターの前で、うろうろしていたのを、マネージャーが鋭く見掛けていたからである。

このセンターの役割を簡単に紹介しよう。デイ・センターは、危険な目に遭っている人、孤独な人、独り者、家に引きこもっている人、あるいは親戚または看護人に頼っている人、などの日中の支援を提供するところである。また、ここは活発に動けはするものの、社会に受け入れてもらえる雰囲気の中でなら、孤独から逃れられると考える人が利用できる。

提供するサービスとしては、温かい昼食、足の治療・爪切り・整髪のような個人的ケア、入浴・排便の援助などがある。その他、手芸に加えて、クイズ・ビンゴなどの娯楽指導も行う。

当日のサービスは温かい昼食限定で、高齢者が大勢訪れていた。朝からやってきて、一日をここで過ごす。九十五歳で元気そうな元パイロットもいる。お茶のサービスを受けながら、話に興ずる人、編み物をしながら過ごす人など、思い思いに過ごしていた。ここでは、入浴サービスも受けられる特別仕様の風呂が用意されていたが、当日は実施していなかったので、現場を見ることは叶わなかった。

高齢者には一般に、センターまでの文字通り「足」が問題になるが、ここでは車を出して、高齢者の家を順に回り、送り迎えしてくれる。

マネージャーの紹介で、偶然、若い日本人女性のボランティアに会えた。彼女は大阪のある組織の募集で、ケンブリッジの英語学校で三カ月間英語を勉強し、その後、ボランティアをすべく、二、三日前に当地に来た。ホームステイをしながら熱心に奉仕していた。

英語は学校で習っても、なかなか上達しないが、仕事をしながら英語も訓練し、できるだけのことをしたいと積極的だ。無理もない。でも英語も、日々の体験を通してだんだん上達していくだろう。

彼女は短大でデザインを学び、会社勤めをしていたが、ボランティアをしたくて応募したという。一年くらいこの活動をした後帰国するが、帰国後の計画は未定とのこと。

昼食の配膳をする彼女を見ながら、センターに来ていた高齢者たちと、しばらく話し合うことができた。最初ある女性に「年齢をお聞きしてもよろしいですか」と尋ねたところ、「どうぞ」と言われて、「七十歳くらいですか」と質問した後、実際は九十歳だということが分かり、その若々しさに驚いた。ここでも男性より、女性の数が圧倒的に多い。

高齢者の一番の楽しみは、やはり温かい昼食がいただけることとのこと。当日はマトンを使った料理で、いい匂いが食堂内に漂い、いつも昼食はサンドイッチに牛乳など簡単にすませていた身には、うらやましく思われた。

このように、コミュニティーのデイ・センターの役割は、今後ますます大きくなるものと思われる。医療も病院を中心とするものから、開業医・看護師・栄養士・助産師・カウンセラー・ボランティアなどからなるコミュニティー・チームによるものへと比重を移していくだろう。

日本でも社会福祉政策が進み、早く英国並みになるのを願いながら帰国した。

（一九九六年八月）

六十五歳からのボランティア　得意の喉とハーモニカ演奏

退職後も、大学の非常勤講師として働いていたが、地元に六十五歳以上の高齢者向けの月に一度の「いきいきサロン」があることを聞きつけて参加してみた。これは私の住む千葉市美浜区磯辺地区の社会福祉協議会の活動の一環で、高齢者の引きこもりを防ぎ、軽い体操や他人との会話、娯楽などを通じて健康を維持するのが主目的。

磯辺地区の八つの町内会の内、一、四、五、七、八丁目の計五カ所で実施されていて、午後二時から三時半までの一時間半。会費は百円。お世話係は、民生委員を中心にした女性たちで、出席者もほぼ女性で占められている。私は四カ所に関わっている。

三々五々町内の自治会館に集まり、歌を歌い、バンド演奏やプロ級の素人の落語、時には素人の手品、またはフラダンスを鑑賞したりする。その後のお茶タイムに、ケーキにお茶といったサービスもあって、おしゃべりして過ごす。年に一度の近県へのバス旅行、賞品付きの年末ビンゴ大会は、大の人気プログラムで、中には全ての町内会の旅行に参加するご婦人もいる。

会社員生活が長く、千葉都民とも言われるくらい地元に足のつかない生活を送ってきた身には、町内といっても知り合いは、ほとんどいない。ましてやご婦人とは……。何度か出席するうちに、何か自分にできることはないかと思案していたが、「替え歌」を作り出したのがこの頃で、みんなで歌ったら楽しいのではないかと考えた。相談してみると「名案ですね」と言われ、これまでに四百曲以上も作った。

三時十五分が私の出番。まずサロンのテーマ・ソング『いきいきサロン』を全員で元気よく歌う。これは『高校三年生』（丘灯至夫作詞・遠藤実作曲）が元歌で、「赤い夕陽」ではなく、「明るい光」がサロンを染めるのである。

テーマ・ソングが終わると「替え歌コーナー」に移る。まず元歌を私のハーモニカ伴奏で全員が歌い、次に替え歌は伴奏抜きで、私も得意の喉で一緒に歌う。歌は『月の法善寺横丁』（十二村哲作詞・飯田景応作曲）の替え歌、包丁をハーモニカに持ち替えた『浜のハーモニカ横丁』だ。ハーモニカは私が唯一演奏できる楽器で、いつも持ち歩いている。替え歌が終わると同時にサロンは終了。

そもそも替え歌を作るきっかけとなったのは、古稀を迎えた正月に遊び心で『恋心』（永田文夫訳詞・エンリコ・マシアス作曲）の替え歌『古稀心』を作詞したことだ。年を取っても恋心に変わりはないと。

恋も古稀もローマ字にしてみると、koi と koki で、母音は両者とも o と i なので、響きは似ている。そこでタイトルを「恋心」→「古稀心」としてみた。発音してみてください。人生百年時代、年を取っても元気印の人が多い昨今。高齢者の婚活を奨励する自治体もあると聞く。古稀だからといって引きこもりはいけない。命ある限り、恋は続く。

こんな歌に浮かれていたら、とんでもない事態が起きた。「直腸がん第二ステージ直前」と診断

著者のハーモニカに合わせて替え歌を歌う

されて、手術台に上がることになったのだ。手術は無事終了し、ベッド生活へと雪崩れ込んだ。翌日の深夜、病院内は静寂そのもの。点滴スタンドを片手に部屋を出て、デールームの窓から東京湾を見下ろしていると、島倉千代子の『からたち日記』（西沢爽作詞・遠藤実作曲）が耳をかすめた気がした。そこで早速替え歌『点滴日記』を作り始め、一晩で書き上げた。

替え歌の内容は次のようなものである。

普段、家人に「そんな大きな声を出さないで」と言われているほど大声の持ち主の私。病院で執刀医に対し「手術は嫌だなあ」と言えず、大きい地声を小さくし、そっとささやいた。手術は朝九時から晩の六時まで九時間かかり、ＩＣＵで目が覚めた。この間、連れ合いは食事もせず待っていてくれた。翌日からリハビリとなり、点滴スタンドと共生の日々だった。トイレに行くのも、デールームに行くのも、すべて点滴スタンドと道連れ。点滴、点滴、そして点滴。点滴が栄養源だった。

生まれつき大声なのに、手術は嫌いと言えず、小声でそっと呟いた。九時間という長時間を手術台で耐え抜き、元気に退院。手術後十年の壁を越えて、今も健在だ。

こうした「いきいきサロン」でのボランティアの他に、社会福祉協議会の事業に七、

八、九月を除き月一回の七十五歳以上の高齢者を対象とする「ふれあいお食事会」がある。参加者は仕出し業者の弁当に、ボランティアによる温かい味噌汁付きの食事をいただく。会費は三百五十円。

食事が終わって娯楽の時間となる。そこで年に一回、ハーモニカ演奏で皆さんと歌を楽しむ三十分のコーナーを受け持っている。コロナ禍で休んでいたが、十月から再開された。二〇二〇年一月に私が担当したプログラムを見てみよう。

民謡『花笠音頭』で一気に景気づけをし、次に童謡唱歌『ふじの山』『雪』『冬景色』『スキー』『春よ来い』『早春賦』『浜千鳥』を合唱。早く春が来てほしい、という高齢者の願いを組み込んだ。

最後は「替え歌」のコーナーで、『浪花節だよ人生は』（藤田まさと作詞・四方章人作曲）↓『鰹節だよ味出しは』、『有楽町で逢いましょう』↓『お食事会で逢いましょう』を全員で合唱して、お食事会は時間一杯となる。

（二〇二三年十月）

「手つばきつけて伸す新次」　手打ちそばに生涯を懸けた父

父、小池新次は、明治三十年四月一日、諏訪郡本郷村大字乙事の地に峯作・くつ夫婦の長男として生を受けました。明治の世に少年時代を、大正時代に青年期を送りましたが、幼くして母親と死に別れ、姉二人、妹三人、弟の世話する一家の大黒柱としての義務を果たしながら、向学心を抱きつつも、その夢をついに叶えることはできませんでした。青年期にはバイオリンを弾いたこともあるというので、当時のモダンボーイと言えるのではないでしょうか。大正九年十二月一日、藤沢きくよと結婚しました。

父新次を語るには、広く知れ渡った「新次そば」について語れば、いっそうご理解いただけるものと思います。

母親と死に別れた十五歳の父は、すでに家でそばを打つ技術を身に着けていたことでしょう。青年団などの集まりがあると、会食用によくそばを打ってもてなしたといいます。昨今ならレストランやホテルがありますが、当時は地区の公会堂などで、つつましくそばを食べるのが、ご馳走だったのかもしれません。

子供一同で建てた家の庭の両親の「金剛婚式記念碑」の短歌（「妻と共に茨の道を踏みこえて　そばを打ちつつ八十路に生きる」）は、八十一歳の父の筆になるものですが、父は手先が器用だったのでしょう。そば打ちの腕もめきめき上達したものと思われます。

「妻と共に……」の碑の脇に立つ父

しかし、何分にも都会と違い、その昔には狼が棲み、山に向かってここより上には人が住んでいないという土地柄ですから、そばを商売にするなどということは、できた相談ではありませんでした。

農業をやりながら、四年前に亡くなった妻きくよとの間に十六人もの子供に恵まれ、その子育てに無我夢中だったことでしょう。十六人のうち三人は、生後すぐに亡くなり、残る子供のうち、さらに三人を戦争などで失ったのですが、戦前・戦中・戦後を通してこんなに多くの子供を育てることは並大抵のことではなかったでしょう。

こんな言葉を忘れることはできません。それは「この家じゃいつもお客をやってるだかや」という訪問者の挨拶です。全員そろって朝の食卓を囲んでいるところにやって来た近所の方や訪問客が、そう思っても不思議ではないほどでした。

父がそばで商売できるようになったのは、いつ頃のことでしょうか。打ったそばを「切溜《きりだめ》」に詰め、着物に裁着《たっつけ》姿で、背中に背負い、富士見の駅まで四キロの悪路を毎日のように通い始めたのは、三十年ほど前のことではなかったでしょうか。富士見、上諏訪、下諏訪……など各地の知り合いを訪ねて、今流にいえば訪問販売をしていたのです。

しかし、そのねらいは、そばが売れることよりも、訪問先で「まあ上がって一杯やってかないかね」と言われることにあったのではないかと推測したら、今は亡き父に怒られるでしょうか。酒好きだった父は、そう言われるのが楽しみでやっていたのではないか、とさえ思われます。

そうこうしているうちに、「諏訪に手打ちそばの名人あり」と言われるようになりました。そして、あちこちから注文も入るようになりました。その事情は、村の小さな子供までが知るようになり、「新次そば手つばきつけて伸す新次」などと言う戯句までが、村中で聞かれるほどになりました。

父は、そんなことにはおかまいなく、どうしたら美味しくてみんなに喜ばれるそばが作れるかということに心を奪われていたようです。きれいな空気の中で、品質の良い粉を選び、いい水を使い、打ち粉を使わず、そば粉だけで打ち、いい水を使って上手に茹でることに全力を傾けました。

それから、そばの出汁《だし》にも工夫を凝らし、そばの一から十までを熱心に研究したのです。出汁を取った後の大量の鰹節が庭の筵の上に干されていました。そして「美味しい」と言って食べるお客の姿を、細い目をいっそう細くして眺めていました。

こうして、父のそばはラジオ、テレビ、新聞、雑誌、はては作家の文章や小説などでも紹介されるようになり、ご当地諏訪は言うに及ばず、松本や遠くは東京、横浜辺りからも車で駆け付けるお客様も大勢できました。そば屋といっても店舗はなく、看板も出さず、農家の座敷で味わって頂いたわけですが、父は常に季節の漬け物を絶やさず、お客様にサービスしていました。そして、常にお客様との会話を楽しみ、その中で父自身も、さらに腕に磨きをかけていったようです。

ある時、そば屋を開きたいから、そば名人に打ち方を教えてほしい、という東京のご婦人が現れたのです。泊まる宿もないので、住み込みとなりましたが、一人が去ったかと思う間もなく、東京から別のご婦人が現れ、やはりそば打ちを教えてほしいというのです。二人目も現れたということは、きっと丁寧な教え方がよかったんだろうと思っています。

父は、信州名物のそばを、単に名物の地位に留めるのではなく、「新次そば」として魂の打ち込まれたそばにまで高めていく役割を果たした人だったと思われます。

残された十人の子供の他、大勢の孫、曾孫がおりますが、孫、曾孫も我が子のように可愛がっていたのが印象に残っています。

二十年ほど前に肝硬変を患い入院した時、もう駄目かと子供全員が病院に顔を見せた時は、父の方がびっくりしたとのことです。その後、しばしば病院の職員、また親戚を始め、近所の方々、友人、知人、また父の「新次そば」を愛してくださった方々のお世話になりながら、頑張ってきましたが、八十四歳の声を聞いてからは、入退院の繰り返しで、身体も弱り、八十五歳八カ月をもって、ついに帰らぬ人となってしまいました。

（一九八一年十一月、父の葬儀の遺族代表の言葉、著者代筆）

思い込み、勘違い、慢心　知らないことは数々ある

無知、思い込み、勘違い、慢心などからくる失敗を経験したことはないだろうか。知らないことは、とがめ立てしても仕方ないが、思い込みや勘違いを防ぎ、生活をスムーズにする手立ては、ないものだろうか。

三人目の子供が生まれ、妻の仕事も増えた頃、休日などに買い物を手伝うことにした。一緒の買い物なら問題ないが、一人で出掛けると、色々と問題になる。

ある日、パン粉を頼まれてショッピング・センターへ。特大の袋の「パン粉」を買って意気揚々と帰宅。すると、「あら、それ小麦粉よ」と妻。そば粉はそばを打つ粉なんだから、パン粉はパンを作る粉でいいじゃないか。まぜっ返している場合ではなく、急ぎ再度出掛けるはめになる。

パン粉は「①パン製造の原料となる小麦粉　②パンを乾かして細かくした粉末。フライの衣などにする」（『広辞苑』岩波書店・第七版）とある。また同辞典には、お米

の粉は「米粉」、麦の粉は「麦粉」とあり、分かりやすい。私は間違っていたのか。あるいは常識の欠如か。妻の作る食事を、美味しい美味しいと言って、食べるだけの男の物知らず。

コロナが猛威を振るい始めてから、買い物はほとんど任せてもらっている。すると、注文違いの品を買ってくることがしばしばである。鶏もも
が、鶏むねに、アジがニシンに、キッチンペーパーがキッチン・タオルに化けたりする。並べてあるので、つい手が伸びる。

クリスマスが近づくと思い出す。秋の終わり頃、英国大使館員に英国の生活についてお話を伺おうと横浜まで出掛けた。英語の会話を録音し、後から英文で雑誌に掲載することになっていた。クリスマスの食べ物の話になった時、「ミンスミート（mincemeat）はクリスマスのご馳走です」と言われた。

私は、これをミンストミート（minced meat 挽肉）〈ミンス→ミンスト〉と雑誌に印刷してしまった。年も押し詰まった頃、編集部に誤訳を指摘したメモと共に本物のミンスミートの瓶詰めがプレゼントとして送られてきた。minced のdは、tと発音されるが、これは無声音のため、よく聞こえないこともある。

ミンスミートは「ミンスパイの詰め物。レーズンなど種々の乾燥果物のみじん切りに香辛料・砂糖・ラム酒などを加えたもの」（『ジーニアス英和辞典』大修館、第五版）で、とても美味しかった。異国の文化を知らなかった故のミスである。米国では、挽肉の意味に使われるというから、完全な誤りとも言えないが、挽肉が即クリスマスのご馳走になるとも思えない。

うっかり間違いの失敗は、まだまだ続く。真夏の深山幽谷の中だった。今と違いペットボトルなど持ち歩かない頃、喉が渇いて冷たいものが飲みたいなと思っていたら、運良く目の前に自動販売機があった。しめたと思い、お金を入れてボタンを押す。取り出すとアッツアツのお茶。ああ。

音楽関係を担当していた頃、外国からのタレントの記者会見によく招かれていた。会場のホテルは、有名ホテル数カ所に固定されていた。これが禍いして、ろくに招待状も見ずに出掛け、会場違いで間に合わなかったことも再々だった。慣れからくる慢心とは恐ろしい。

名前が同じで本体が違うことが原因で、時間を浪費した経験もある。教え子の学生と、東京は銀座四丁目の「ライオンの前」で会う約束をした。

だが、待てど暮らせど現れない。そこで電話をすると、家人の返事は「デパートの脇で待ってるはずです」とのことだった。通りを挟み、一方はデパート、他方はレストラン。銀座でライオンといえば、あの美味しいビールを飲ませる店と決めていた思い込みである。そう、デパートの前には、大きなライオン像が鎮座している。

不惑の四十歳の夏。仕事でお世話になっていた大学教授に誘われて、四十日間という当時は破格の夏休みをとって、初めて海外に出た。「憧れのハワイ航路」だ。同じ「航路」でも飛行機だったが……。マノアにあるハワイ大学キャンパスで開かれるアメリカ言語学会の夏のセミナー出席が目的だった。

大学では寮生活となり、全員鍵を渡され、自己管理を申し渡された。「部屋を出る時は、必ず鍵を持って出るように」とのお達し。部屋を出てドアが閉まると、自然とロック・アウトされてしまう。何度か鍵の携行を忘れたことがあり、そのたびにフロントの学生のお世話になった。だが、深夜ともなると、フロントもいない。仕方なく、談話室のソファに寝ころんで、うつらうつらしながら、夜の明けるのを待つ他はなかった。

迂闊だった例は、他にもある。会社を辞める前から大学の非常勤講師を週末に受け持っていた。辞めてからいくつかの大学などから声が掛かり、七十五歳まで忙しく働いていた。午前の講義が終わり、帰りに途中駅で下車して別の大学に向かうといった経験もある。

まあ、それで問題になることはなかったが、看護学校へと急いだ時のこと。教室に入り、かばんを開けたが、教科書がない。体から血の気の引く思いだった。しかも二クラス連続の講義だ。

運良く家から近くの学校だったのでとって返し、二時間目はなんとか役目を果たすことができた。最初のクラスは翌週補講となった。こんな経験は一回のみ。

（二〇二四年一月）

替え歌『十六人の母』を歌う　母さん恋しやホーヤレホー

母小池きくよ（一八九七〜一九七九）は、十六人の子を授かり、十三人を育て上げるという数奇の人生を歩み、八十二歳で没した。長男を戦争で失った母の三十三回忌に、遺影の前で『岸壁の母』の自作の替え歌を私の先導で出席者全員で合唱した。

十六人の母

母は産んだよ　また産んだ
この田舎家で　また産んだ
多すぎると　知りながら
産んで育てた　産んで育てた
助けられ

「あのええじゃ、また生まれたちゅうぞ」

「ほうずらよ」「へえ十人以上になったずら」

世間は無責任に囁き合っている。産んではみたものの、どう暮らしていったらいいのやら。頼るところとてない。思案投げ首だ。

父は借りたよ　また借りた
ああ　子の給金　また借りた
少ない稼ぎと　知りながら
これがなければ　これがなければ
生きられぬ

家の米びつは空っぽだ。大勢の子供が腹を空かせて待っている。悪いこととは知りながら、お前の給料前借りさせてくれ、頼む。

月末にお前の懐に一銭も残らないのは分かってる。

許せ、目をつむって許してくれ。

父母は泣いたよ　また泣いた
その子が戦死　フィリピンで
勝てないいくさと　知りながら
送り出したよ　送り出したよ
国のため

勝ってくるぞと勇ましく……と日の丸を振り
歌ってお国のためと送り出したその子は海軍二等兵。
勇躍戦地へと旅だったが、敵の魚雷を受け海底に。
再び父母の顔を見ることもなく。
これが泣かずにいられよか。

父母は生きたよ　八十路まで
茨の道を　踏みこえて

そば打ち名人と　称えられ
打って広めた　打って広めた
新次そば
戦争は負けた。今度は、あの子の慰霊の旅だ。
戦争放棄を決めた平和憲法、静寂の戻った信州。
心ゆくまでそば打ちに精を出し、
信州ばかりか全国に広めてゆくぞ……。
だが金剛婚式を目前に母はその旅を終え、父もまた。
（『岸壁の母』〈藤田まさと作詞・平川浪竜作曲、一九五四〉は二葉百合子が歌った）

歌い終わるや、長姉は目に涙をいっぱい浮かべ、「孝幸がかわいそうだ」と嗚咽を漏らした。五十人を超す親戚縁者が集まり、お墓参りをすませた後のお斎《とき》の席だ。
元歌は三番までだが、替え歌はあえて四番まで作詞した。母の生涯を描くには必要だった。母は藤沢家の長女（弟の藤沢良作はヨドバシカメラの前身藤沢写真商会の創業者）として生まれ、教育は小学校二年まで。二十三歳で小池新次と結婚。産めよ殖やせよの時代に十六人の子を生した。

私は子供を五人ほしいと結婚式で公言したが、授かったのは三人。三人でも青息吐息の生活だったことを思うと、母の忍耐心と母性愛には頭が下がる。

次から次へ生まれる子供を見て、村の衆は驚くやら呆れるやらだったのではないか。でなければ無責任な噂など流すはずはない。当時、政府の政策「産めよ殖やせよ」の時代であったとしても、確かに十六人は多い。産児制限など戦後のことで、村でも七、八人の子持ちは、ざらにいたけれど……。

当然の貧乏生活だ。子供を十六人産んだものの、生活の目途は必ずしも立ってはいなかった。例えば、ある朝「炊く米がなくて、お父さんが買いに出掛けたが、いつまで待っても帰ってこなくて、釜の湯をたぎらせて待っているのは切なかった」とは、母の嘆きの後日談。

また、ある朝母は、ざるを抱えて実家の弟にお米を貸してほしいとお願いしに出掛け、庭にたたずんでいるところを母の妹きよみ叔母が見ていて切なかった、と私に話してくれた。その叔母のお陰で今の私がある。

こんな状態では、家計はどうなる。長兄、長女は学校を終わると、奉公に出されるのが常だった。学校出立ての子供の、そのごく小さな経済力に、家族は頼らざるをえない。我が家の場合、それが特に戦死した長兄の肩にのしかかったのだ。町の味噌屋の奉公に出された長兄は、給料日に一銭も手にすることができなかった。父が手回しよく、前借りを繰り返していたからである。

長兄の気持ちを思うと、言葉がない。でも、父はそうでもしないと、大勢の家族を養えないのだ。世間の噂など構ってはいられない。この子の給料をあてにしなくては、生きられない。そうしている間にも、次々子供は生まれてくる。大事な子供だ。

私が社会の一員だと認識したのは、一九四三年に国民学校一年生になった時で、それまでの人生

家族そろって長兄を送る。前列左から2人目が著者

はおぼろげである。その年、長兄が志願兵として、海軍に入隊したことも私を覚醒させた。軍隊に行く前に、家族全員で撮った唯一の写真がある（残念ながら次兄の光男兄は、東京の専門学校に行っていて不在）。

日本が始めた戦争だが、長い戦いの末に疲弊した日本に、本土爆撃を受けるほど戦勝の望みは見い出だせなくなっても、ポツダム宣言受諾を二十日間も遅らせるほど、政府や軍部の状況判断は甘かった。思い出せば、お寺の大事な鐘ばかりか、金属製のものを供出せよと、家の鍋釜まで、あるいは乏しい農機具まで出すように、とのお達しが出された。こんなことでは勝てるはずはない、と世間が囁き合っていたのを思い出す。

それでも、長兄は徴兵ではなく、「志願」という形を取って入隊したのだった。当然、我が家は生活の基盤を奪われるが、危急存亡の時だと説得されたのか。

一九四四年十月二十三日、長兄が米軍の魚雷を受けて戦艦ごと海の藻屑と消えたのは、フィリピン近海だった。戦わずして亡くなってしまった。二〇二一年八月、小笠原の海底火山が噴火、黒潮に乗り多量の軽石が本土に流れ着いたのを機に、こんな短歌を詠み、長兄を偲んだ。

魚雷受け海の藻屑となりし兄
　　軽石のごと漂い来ぬか

母の思い出に移ろう。米粒一つも無駄にしてはいけない、農民の労働と三百六十五日太陽が照らなければできないのだと、私は教えられて育った。ご飯は二杯半、味噌汁は二杯食べなさい。学校のない時は、家の仕事を手伝え。寒い冬のお風呂では、背中に塩を塗りつけてタオルでこすってくれた。過酷な農作業の後、深夜床に就いても、奉公に出た長女は、どうしているだろうか、次男は……次から次へと十三人の子供を心配していると、いつの間にか夜が明けていると、漏らしてくれたことがある。

母は父の「手打ちそば」の手伝いの他、当時の農家の主婦のやることは、ほとんどこなしたうえに、色々なことに挑戦した。夏は蚕を飼い、繭から糸をすき、着物を縫った。冬は暖房のない部屋で手織のぼろ織を織り、子供一人一人に絨毯状の敷物を贈った。立派な民芸品だ。その名残りが、今も我が家にあり、重宝している。糸を取ったあとの蚕のさなぎで佃煮を作り、蛋白源として家で食べたり、弁当のおかずにもした。

甘い物がないので、麦から水飴を作っておやつにしてくれた。栗茸を酢漬けにして、子供に強制的に食べさせたが、母は口にしなかった。父が絞めた鶏の骨は、石の上で細かく砕き、団子汁にして食べさせたが、それでみんな骨太に育った。カルシウムという単語を母は常に口にしていた。

最後に、進路でわがままを許してもらった経緯を書かねばならない。経済上の理由で、高校は希望校受験を許してもらえず、地元の徒歩で行ける学校に入り、すねていたが、学年末に通知表を見た母にひどく怒られた。

そこで「置かれた場所で咲きなさい」の助言を受けて頑張り、母の「信州にだって大学はあるよ」の忠告を退け、東京の大学を受験し、運良く現役合格となった。浪人となれば、母の要求する大工か左官になるしかなかった。

上京する一九五五年四月十日は生憎の雨で、母は傘を差して富士見駅まで同道してくれ、さらに都会の大人の世界についての忠告もしてくれた。待ちに待った夏休みに帰ってみると、やおら「お前が将来家を建てる時のことを思って、浦梨の林に檜の苗を植えておいたから、下草刈りでもしてこいやれ」と言って私を驚かせた。母は私の大学合格がよほど嬉しかったに違いない。

そこで後年、こんな短歌を詠み、母への感謝の念を表した。

入学祝いに母が植えたる檜林
　我は子を負い手入れして来
無性に母が恋しい。母さん恋しやホーヤレホー。

（二〇二四年一月）

小池家・家族一覧（生年）

父　小池　新次（一八九七年〈明治三十年〉四月一日）
母　小池きくよ（一八九七年〈明治三十年〉八月六日）
長女◯小池あさ子（一九二〇年〈大正九年〉十二月二十七日）
次女　加藤はつみ（一九二一年〈大正十年〉十月二十一日）
長男　小池　孝幸（一九二二年〈大正十一年〉三月三十日）
次男◯小池　久次（一九二三年〈大正十三年〉八月一日）
三男　小池　光男（一九二四年〈大正十四年〉七月二日）
四男　小池　利治（一九二六年〈大正十五年〉九月二十三日）
五男　五味　徳芳（一九二八年〈昭和三年〉二月十七日）
三女　平出みづほ（一九二九年〈昭和四年〉三月二日）
四女　原　登美子（一九三〇年〈昭和五年〉八月二十八日）
六男　小池　創造（一九三一年〈昭和六年〉八月二十四日）
七男　小池　昭男（一九三三年〈昭和八年〉一月十九日）

五女　三ッ森志ま子〔一九三四年〈昭和九年〉六月十五日〕
六女◯小池ひのゑ〔一九三六年〈昭和十一年〉二月九日〕
八男　小池　榮〔一九三七年〈昭和十二年〉三月十八日〕
七女　小池志げる〔一九三八年〈昭和十三年〉七月五日〕
九男　小池　久〔一九四〇年〈昭和十五年〉三月十六日〕

注：◯印は夭折。

本書は、「長野日報」に最終章を除き二〇二一年四月から二〇二四年四月まで三年にわたって寄稿したものに手を加えたものである。

著者プロフィール
小池 榮（こいけ さかえ）
1937年、長野県生まれ。1955年県立富士見高校卒業。1959年青山学院大学文学部英米文学科卒業。同年旺文社入社。受験参考書、『螢雪時代』、『百万人の英語』（ラジオ番組制作も）の編集、財団法人日本英語検定協会で準１級の開発に従事。退社後、玉川大学、千葉大学、日本大学、東京国際大学などの講師を務める。
共著に『KEEP写真で見る英語百科』（研究社、1992）、『英和辞典LEXIS』（旺文社、2003）、『異文化そぞろ歩き―別離の語らい』（ほんのしろ、2006）、共訳に『英語慣用語源・句源辞典』（松柏社、2001）、『使徒はふたりで立つ』（日本基督教会北見教会ピアソン文庫、1985）、『キリストの十字架』（いのちのことば社、1988）など。
ハワイ大学での「アメリカ言語学会」参加（1977）、研究社主催「英文学実感の旅」参加（1988）、ロンドン大学「英語音声学夏期セミナー」修了（1991）など。

信濃路　故郷　十六人の母

2024年９月15日　初版第１刷発行

著　者　小池 榮
発行者　瓜谷 綱延
発行所　株式会社文芸社
〒160-0022　東京都新宿区新宿1－10－1
電話　03-5369-3060（代表）
03-5369-2299（販売）

印刷所　TOPPANクロレ株式会社

ISBN978-4-286-25617-7　JASRAC 出 2404694 － 401